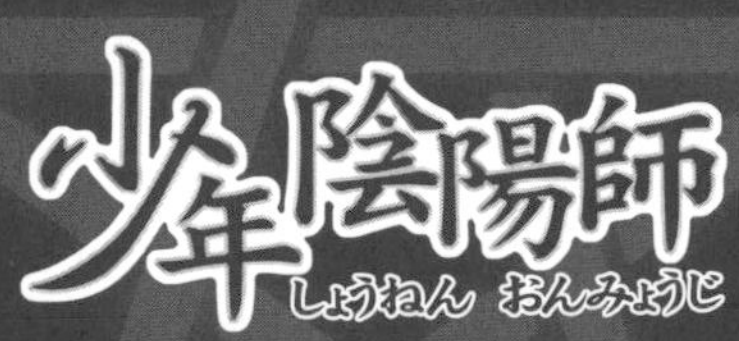
少年陰陽師
しょうねん おんみょうじ

少年陰陽師 玖

眞紅之空

真紅の空を翔けあがれ

結城光流—著　涂愫芸—譯

重要人物介紹

各有各的情懷與傷痛……

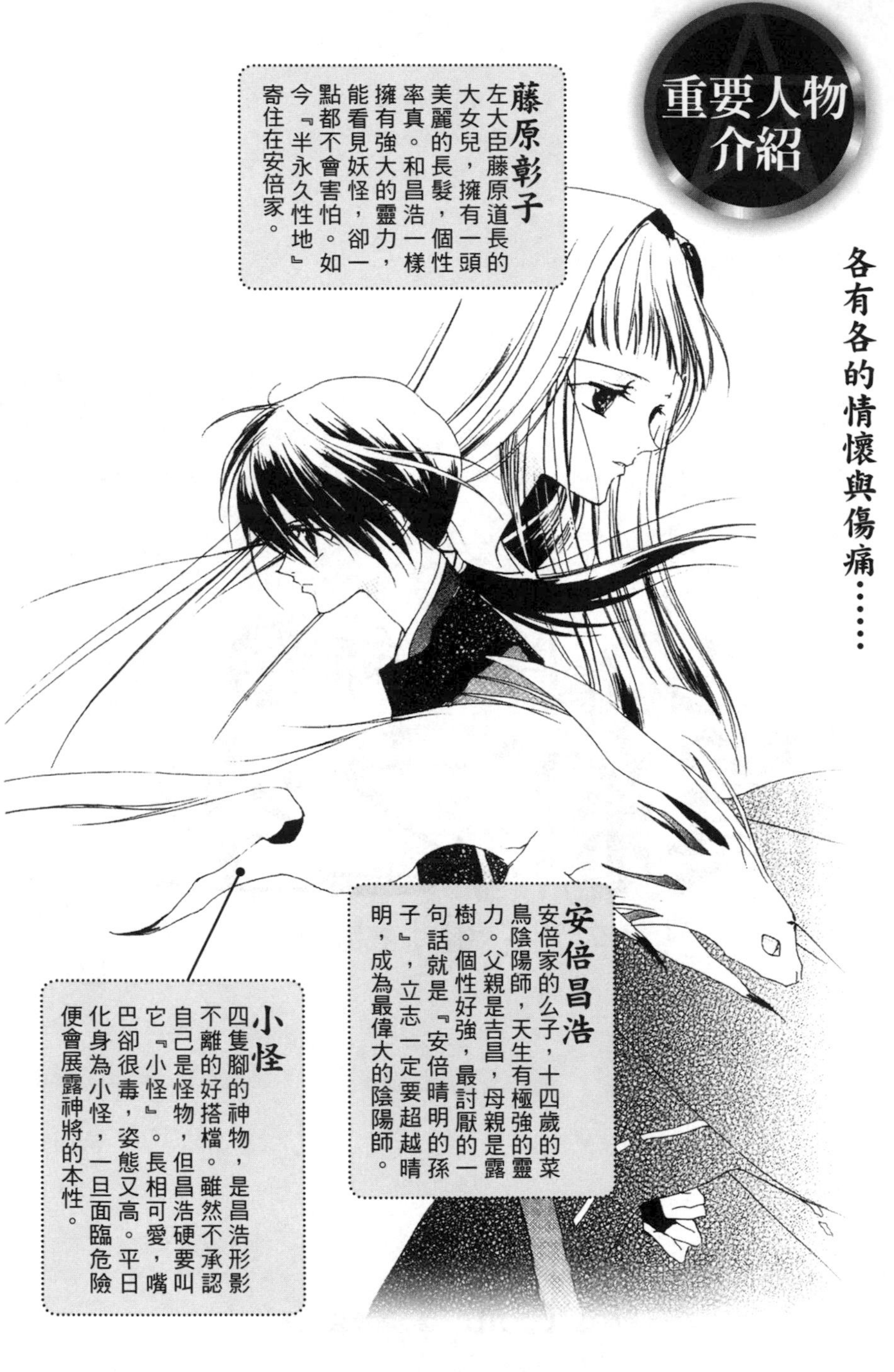

藤原彰子

左大臣藤原道長的大女兒，擁有一頭美麗的長髮，個性率真。和昌浩一樣擁有強大的靈力，能看見妖怪，卻一點都不會害怕。如今『半永久性地』寄住在安倍家。

安倍昌浩

安倍家的么子，十四歲的菜鳥陰陽師，天生有極強的靈力。父親是吉昌，母親是露樹。個性好強，最討厭的一句話就是『安倍晴明的孫子』，立志一定要超越晴明，成為最偉大的陰陽師。

小怪

四隻腳的神物，是昌浩形影不離的好搭檔。雖然不承認自己是怪物，但昌浩硬要叫它『小怪』。長相可愛，嘴巴卻很毒，姿態又高。平日化身為小怪，一旦面臨危險便會展露神將的本性。

六合
十二神將之一的木將，沉默寡言，但給人親切感。右眼下方有個黑色圖騰，肩上纏著一條深色長布條，頸上掛著三個銀項圈，右手腕上戴著寬大的銀手鍊。
紅蓮
十二神將之一的火將騰蛇。身材高大強壯，頭戴金色頭箍，相貌精悍，有一對如火焰般燃燒的金色眼睛。愈是陷入絕境時，愈能顯露出猛烈似火的本性。平日化身為小怪，跟著昌浩。
勾陣
十二神將之一的土將。通天能力僅次於騰蛇的她，也是個兇將。年紀大約二十出頭，細長的眼睛綻放出銳利的光芒。

玄武
十二神將之一的水將。
漆黑的短髮，小孩子
特有的高亢聲音。耳朵
戴著黑光閃閃的玉石耳
環，頸上也戴著同樣的
玉石項鍊。
太陰
十二神將之一的風
將，擅使龍捲風。年
紀看起來比玄武小。
自然捲的棕色長髮從
兩邊耳朵上方紮起
來，明亮的桔梗色眼
睛流露堅強意志。
安倍晴明
歷代少見的偉大陰陽師，
能用離魂術變成二十多歲
時的模樣。極疼愛孫子昌
浩，但因為太了解他不服
輸的個性，因此常常故意
用激將法，對他冷嘲熱
諷。昌浩因此非常討厭晴
明，叫他『老狐狸』。
安倍成親
昌浩的大哥，曆法
博士。是很有親和
力的人，在某些方
面，也繼承了祖父
晴明的個性。

一条大路
土御門大路
近衛御門大路
中御門大路
大炊御門大路
二条大路
三条大路
四条大路
五条大路
六条大路
七条大路
八条大路
九条大路

北京極大路
N ↑
大內裡
朱雀門
右京
左京
羅城門
南京極大路

西京極大路
木辻大路
道祖大路
西大宮大路
皇嘉門大路
朱雀大路
壬生大路
大宮大路
西洞院大路
東洞院大路
東京極大路

＊　＊　＊

她覺得那個人好高。

背對著陽光，比自己高出許多。

『小女孩，可以拜託妳一件事嗎？』

因為背光造成陰影，看不見那個人的臉，勉強只能看到嘴唇的蠕動，不知道長什麼樣子。

媽媽告訴過她，不可以接近陌生人。所以她知道不能靠過去，必須馬上離開這裡。但是不知道為什麼，迷迷糊糊地就被拉了過去，當她回過神來時，已經站在那個人面前了。

『你要拜託我什麼事？』小女孩偏著頭問。

那個人把手一指，說：『來，妳看那裡……』

她被迫轉過頭去，看到破舊的小廟，有扇快腐朽的木門。長老曾嚴厲地叮嚀過大家，千萬不要接近那裡。

『可以幫我打開那扇門嗎？』

小女孩的表情僵住了。

因為被叮嚀過不可以接近，還有本能上的恐懼，所以她從來沒有去過那個地方。光是遠看，就覺得好像有什麼東西從腳底爬上來，全身微微發冷。

她緩緩搖著頭說不行，覺得心情紛亂不安，很想回家，但是腳卻不聽使喚，動彈不得。

那個人又很溫柔地說了一次：『打開那扇門，把裡面……』

把裡面的東西——

她覺得頭昏眼花，周遭的一切都變得很不真實，好像泡在微溫的水裡。

從水外傳來奇妙的聲音，潛入耳裡蔓延開來。

把裡面的東西——

『對……乖孩子。』

喃喃低語的嘴角，歪斜成嗤笑的形狀。

小女孩的眼睛完全失去了光采，面無表情地走向了小廟。

從頭到尾都看不清楚的那個人，眼角詭異地往上吊著。

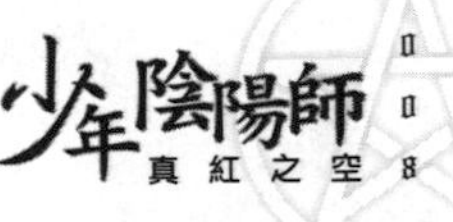

1

寂靜無聲。

他屏息凝氣，張開眼睛。

不知道什麼時候，佇立在不知名的地方。

他知道這裡不是人間，也不是十二神將棲身的異界。

緩緩環視周遭後，他發出了嘆息聲。

『好清晰的夢啊！』

聽到自己說話的聲音，他訝異地眨了眨眼睛。突然，往下一看，發現應該枯瘦到只剩皮包骨的手，竟然水嫩嫩地充滿了彈性。

摸摸臉龐，他知道自己回到了很久以前的模樣。

這麼一想，他的嘴角同時泛起了淡淡的笑意。

以前的年輕模樣——與『她』初遇時的模樣。

這是夢，夢會映出人的願望。

『——……』

他輕輕皺起眉頭。

風從漫無止境的黑暗盡頭吹來。

不久後，凝目注視的前方，突然冒出灰白色的東西。

突然出現的東西漸漸地、漸漸地變大。

佇立在那後面的人影，在光線照射下浮現出模糊的輪廓。

認出那是誰的他，哀傷地瞇起了眼睛，低聲呼喚她的名字：

『若菜……』

灰白燃燒的那東西是火焰，感覺不到熱度，但是，搖曳舞動的火焰隔開了他們。

『相公……』

已經很久沒聽到的那個聲音，跟他記憶中的分毫不差。

他壓抑著跑向她的衝動。那火焰應該是分界，只要他從這裡向前一步，她應該就會消失。

他有這樣的確信。

若菜在火焰後面，悲傷地偏著頭。

『啊……都怪我能力不足。我盡全力把那孩子送了回去，但能力還是不夠……』

若菜哀痛欲絕地掩面啜泣。

『對不起……為了把那孩子送回去，我非交出那孩子很重要的東西不可。』

那是那孩子不可或缺的東西，絕對不能失去的東西。

為了實現痛徹心腑的悲哀願望，那孩子以生命作為交換，但是她用盡她所有的力量，把生命還給了那孩子。

然而，還是得付出代價。

『不，妳已經做得很好了……』

再定睛凝視，他看到灰白色火焰中躺著一個小小的身影。

他發現那不是用來隔開他們的火焰。火焰包著小孩，眼看著就要燃盡了。

他將手伸到火焰前，不但不熱，還冰冷得幾乎凍結。

這個冰冷將帶走那孩子。

『如果那孩子還是走了，就是我能力不足，對不起，對不起……』

含淚顫抖的聲音，跟以前一模一樣。

——有妖怪盤據在爐灶前，不肯走開……

她哭著說她很害怕，不敢靠近，所以不能做晚餐。他想留下神將，她也說她怕神將們散發出來的神氣。除了非人類的東西散發出來的強烈靈氣外，她也害怕那種長得像人、但絕對不是人的形體。

大家都知道她沒有惡意，所以手下神將們只覺得困擾，但並不生氣。也有人將人類之外的異形總括為『鬼』，所以在那些人眼中，他們都是『鬼』。

『我不能說太久，是我一再請求，他才答應讓我來一次。』

誰答應？

若菜感受到他詢問的視線，淚汪汪地微笑著說：

『本來是不可以的，但他是通情達理的人，所以答應了我。』

『妳是說……』

『他是河川對岸的冥府官吏，就是他准許我可以不渡河，留在河岸。』

冥府的獄卒都是可怕的小鬼模樣，隨時張大眼睛搜尋有沒有脫隊的死者靈魂在外面飄蕩。她病死時，其實就應該已經要渡河了。

她佇立在沒有一絲光亮、沒有任何人的黑暗中，在那寂靜的河川旁。

她怕渡河到了對岸，就再也見不到那個人了。她丟下他先走了，所以起碼要在這裡等他，不然他一定會很寂寞、很悲傷，又很生氣吧？

她記得他握著她逐漸冰冷的手，眼睛眨也不眨一下地看著她，緊緊抿成一條線的蒼白嘴唇顫抖著。他的輪廓逐漸變得模糊，而她清楚看到一行淚水從他的臉頰滑過。

這時她便下定了決心，不管怎麼樣，一定要等這個人。即使被冥界的守門人責罵，即使被長相可怕的官吏大聲斥喝，她也絕對不渡河。

但是，冥府的獄卒還是依照規矩逼她渡河，要將她送往冥府。

只有一個人制止獄卒，答應了她的要求，那就是有著人類外表的冥府官吏。

『我很欣賞妳的毅力。我會向上面和獄卒交代這件事，妳要等多久就等多久吧！』

而且怕她一個人太無聊，還允許她關注不時浮現水面的家人。

『所以，我知道那孩子會抱著悲哀的決心來河岸，無論如何我都想幫助他。』

官吏只准她在河岸等，甚至在死者靈魂可以回到所愛的人身旁的年關，也不准她離開河岸。

或許，滯留在那個黑暗寂寞的地方、被囚禁在那裡，就是給予她的懲罰，懲罰她壞了亡者的規矩。

想到這點，晴明就感到很憂心。看到這樣的晴明，她的眼睛瞇得更細了。

『這是我自己的選擇，你不用擔心……不過，我可以告訴你一件事。』

她強裝微笑、惹人憐愛的臉龐，皺巴巴地扭成了一團。

『來巡視的獄卒，長得都很可怕。光是他們靠過來，我一個人在黑暗中就害怕得要哭出來了……』

她知道，他們是特地來看獨自待在河岸的她有沒有危險，但是在那樣的黑暗中、在

只聽見潺潺水聲的靜寂中，響起重重的腳步聲，就是會讓她禁不住蜷起身子。

當她知道還在襁褓中就失去母親的兒子吉昌，他的小兒子將前往冥府時，她立刻懇求冥府的官吏。

求求你，把那孩子送回人間。如果那個孩子住進冥府，我的他會很悲傷。那孩子只活了十三年，在體驗過種種事情後，一定會對人世有所貢獻。

沒錯，這是那孩子做的選擇，但是他心中一定不想這樣。

他只是想保護他心愛的東西而已——

晴明閉上眼睛，想起那孩子把決定告訴他的夜晚，想起聽那孩子訴說心願的夜晚。

還有，那孩子是多麼沉重、堅強又悲哀地做了那樣的決定。

還來不及成長的孩子，躺在蒼白的冰冷火焰中。

若菜看著那孩子，忍不住淚流滿面。

『我真的很希望……完完整整地把他送回去，可是，冥府的官吏說絕對不行……』

官吏說可以把他送回人間，但是不能白白送回，他必須付出代價。

命可以還給他，條件是留下他除了生命以外最重要的東西。那東西就交由妳保管，絕對不可以還給他，不管心情多麼激動都不可以。如果那麼做，妳的靈魂就會墜入八大地獄之一。不只這樣，妳等待的男人也必須背負起妳的罪過。

那就是你們壞了規矩所受到的懲罰——

晴明搖搖頭。

『怎麼這麼……』

他難過得說不下去，但是若菜平靜地看著他說：

『怎麼那麼殘酷、不人道是嗎？不、不，他已經給了我人情，要不然那孩子已經斷氣了，不可能再活過來。』

因為即使傾注會使她魂飛魄散的所有力量，光靠她自己，還是無法把那孩子送回人間。所以不得不付出東西來換回生命。

但是……

『那孩子今後的路將失去光的導引，必須靠摸索前進，我……』

躺在火焰中的那孩子的心，將被火焰燒光、燃盡，陷入一片漆黑中。

晴明舉起手遮擋火焰燃燒的光芒，交互看著妻子和小孫子。

『放心吧……這孩子沒那麼脆弱，而且有我陪著他，所以……所以妳不要哭了。』

——沒事了。妳看，我把妖怪都趕走了，還交代過它們不准進來。對了，我還會在房子周遭施咒，讓可怕的東西不敢進來，所以……

所以不要哭了。

很久以前的記憶在她心底浮現又消失，很懷念也很感傷。她破涕為笑。

他任性、自我、笨拙、不會說話——但比任何人都深情。

就因為是這樣的人，才值得她繼續等待。

若菜拭去淚水。

『我這麼說，你可能會生氣……』

她面對直眨著眼睛的晴明，帶著微笑愉快地說：

『見到原來絕不可能見面的孫子，還可以擁抱他，我真的很高興……對不起，可是，我真的很高興。』

高興到在那樣的黑暗中，都要強裝若無其事的樣子。

很想問很多關於你的事，但是我忍住了。因為太過緊張，把那孩子送回去後，我頓時鬆懈下來，整個人虛弱得無法動彈。

冰冷的火焰依然熊熊燃燒著，一點一點燃燒著他們所愛的孩子。

晴明現在才發現，那不是幻影，而是預兆。

從晴明的表情看出端倪的若菜，呼地鬆了口氣。

她懇求冥府的官吏讓她來找晴明，就是為了通知昌浩的事。

『我得回去了。』

『回去那個幽暗、寂靜的地方？』

『是的，相公……晴明。』

她戀戀不捨地呼喚丈夫的名字，閉上了眼睛。

『是我自己要等你的，雖然那裡幽暗又靜寂，不過，是我自己要在那裡等你的，所以……』

晴明了解她要說什麼，淡淡一笑說：

『任性地先走、任性地等我，妳還是沒變呢！』

而這一切都是他的摯愛。

他多麼想摸摸她的頭髮也好，但是不可以那麼做。他們正待在兩界的夾縫中，如果侵犯彼此的領域，就是背叛了允許他們會面的冥府官吏。

逐漸消失的白色火焰中，躺著一度氣絕身亡的孩子，還有原本靈魂將消失的命運被扭轉的神將。

火焰消失，周遭完全恢復黑暗。

在寂靜中，晴明喃喃說著：

『對不起，我暫時還不能去妳那裡……』

為了換回生命，那孩子失去了除了生命以外最重要的東西。

那是壞了規矩必須付出的代價。

但是，即使失去那麼重要的東西……

『你也想挽回他吧？』

晴明也是同樣的心情。

2

是一個同鄉的女人發現了躺在小廟前的小女孩。她把八歲和六歲大的兩個孩子留在家裡，去山裡摘差不多已經發芽的野菜，結果在回家途中發現了女孩。

在村莊外偏遠處、靠近海灣的地方，有座小廟。所謂『海』，也不是真正的海，雖然與海相連接，但只是流入內陸的湖。

從小，大人們就再三叮嚀不可以靠近小廟。因為裡面祭祀著壞東西，所以不能靠近，也不能打開門。

村裡的長老說得很恐怖，但是孩子們卻更感到好奇。

還不到十歲時，她跟朋友因為很想看那可怕的東西，曾經走到廟前，碰了那扇門。

就在那時候，聽到了一個聲音。

——打開門……

她們以為聽錯了，但是，那聲音確實重複著相同的話。

——打開門……！

她們拚命逃回家後，就在床上躺了好幾天。那段時間的事她們都不記得了，但是，聽說是面如土色、全身冰冷，還一直喊熱。

那座小廟祭祀著壞東西……不，正確來說，應該是封鎖而不是祭祀。

從此以後，她儘可能不接近那座小廟。

在她們之後，偶爾還是會有小孩子不聽長老的話，為了比膽量接近小廟，結果每個都臥病在床，查不出病因。

所以，大人們都一再交代小孩子不可以接近那裡。

『呼……』

她把數量還不多的野菜放進背後的籃子裡，往回家的路上走去。

在這條路上，遠遠地就可以看到那座小廟。

小時候的恐怖經驗在她心中留下了很深的創傷。光看到那座小廟，她的身體就會變得僵硬，所以她盡量轉頭撇開視線，但是卻不由得皺起了眉頭。

小廟旁邊有個白色的東西。

會是什麼呢？

她膽戰心驚地望過去，看到同鄉的小孩躺在小廟前，那是住在她家附近的小女孩，

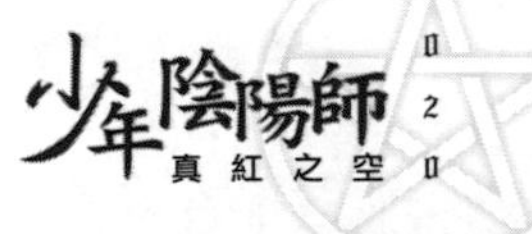

跟她的小兒子同年紀。

她慌忙跑向小女孩。雖然很不想接近小廟，但是她更擔心動也不動的女孩。

『妳怎麼了？醒醒啊……』

她抱起小女孩，驚訝得說不出話來。

小女孩張著眼睛，全身冷得像冰一樣，失去光采的眼眸呆滯地望著天空。

但是還有氣息，胸口微微跳動著。

『不是一再告訴妳不可以來這裡嗎？』

大概是跟以前的自己一樣，輸給了好奇心，得趕快把她送回家去。

就在她抱起沉重的小女孩時，耳邊響起嘎噹的木頭聲。

她反射性地回過頭看，又聽到嘎噹的聲音。

用石頭堆砌起來的小廟，左右對開的木格子門敞開著。

發出嘎噹的沉重聲響。

小廟裡有顆白色石頭。平常被格子門遮住而看不見的這顆白色石頭，好像被什麼東西由下往上推動著。

嘎噹。

『咿……』

她抱著小女孩，拚命往後退。

從石頭底下吹出微溫又乾燥的風。

——打開了……！

喜悅的叫聲震響，同時，小廟也被從裡面飛出來的東西摧毀了。

黑色影子遮蔽了她的視野。

慘叫聲將風撕裂，消失在接近黃昏的天空裡。

✖ ✖ ✖

寒冷的風裡，增添了些許春天的香氣。

『對哦！陰曆三月都過一半了，這裡的春天又來得比京城早，所以對我們來說是有利多了。野菜都發芽了，獵物也不少，找食物不用太費力。但是可能的話，我還是希望回到晴明身旁，因為我實在不想待在這裡。』

太陰沒有特別對誰說，只是自言自語，話中卻有著無比的沉重。

『太陰，妳在哪？』

有人在叫她，是聲音不帶感情、聽起來還像個孩子、語氣卻很老成的神將。

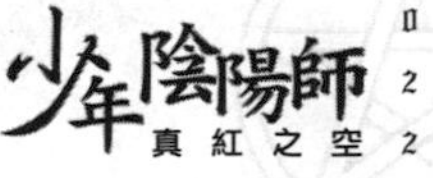

她聽見了，卻假裝沒聽見。

她知道自己該回去了，出來這麼久，其他人一定會擔心。想到這裡心情就很鬱悶，她不是故意要讓躺在床上的那孩子替她擔心。

但是，那個地方……

『太陰，妳在這裡啊！』

玄武找到了她，語氣中帶著責備，像是在埋怨她明明聽見了，為什麼不回應。

太陰咂咂舌，心想應該躲在更難被找到的地方。

『幹嘛啦……』

太陰不怎麼想理他，但還是低頭往下看，看到矮小的玄武在遙遠下方的烏黑頭髮。因為距離太遠，看不到細微部分，但是臉色似乎不太好看，投向她的視線也帶著刺。

大概是她的低聲嘟囔，隨風灌入了玄武的耳朵。

『昌浩很擔心，怕妳出了什麼事。』

『我堂堂一個神將，會在這麼平靜的山中發生什麼事？』

『既然沒事，就該盡快趕回去吧？有獵到什麼吃的嗎？』

『早獵到啦！在那裡。』

她撇過頭，指向下方。

獨自坐在桂樹樹梢上的她手往下指。玄武順著她的手指望過去，看到地上有一頭被獵殺的山豬，四肢被靠攏綁在一根樹枝上。

玄武把視線拉回樹上，皺起眉頭說：

『那就回去吧！讓他擔不必要的心，說不定又會使他的身體狀況惡化。現在有勾陣跟著他，不會有事，但是我們也應該盡快趕回去。』

太陰皺眉說：

『是啊！我知道，可是……』

她欲言又止，嘆口氣，輕盈地飛落下來。

穩穩著地後，她把藤蔓纏繞在她隨手棄置路旁的山豬脖子上。

玄武看著靠藤蔓拖行山豬的她，露出跟剛才不同含意的嚴厲表情說：

『我不是不了解妳不想靠近「他」的心情，可是，這樣怎麼保護昌浩呢？』

他們現在的任務是保護身體還沒有完全復元的昌浩。

『我知道，這是晴明的命令。』

要不然，她早就離開有騰蛇在的那個地方了。

有個自稱『智鋪宗主』的男人，這個男人企圖解除通往黃泉之路的道反大神封印。

為了遏阻他的野心，曠世陰陽師安倍晴明的小孫子昌浩，從平安京千里迢迢來到這個出雲國。

當時的激戰嚴重消耗了昌浩的體力，他在床上躺了將近半個月。最近終於可以下床半天了，但還是不能掉以輕心。

太陰和玄武是安倍晴明帶領的神將，被派來保護昌浩，並隨時將情況回報給人在京城的晴明。

晴明的另一個孫子安倍成親正在前往這裡的途中，跟昌浩會合後，所有人就要移到另一個地方。

『藤原道長的莊園在哪裡？』

太陰毫不費力地拖著比一個男人還要重的山豬，開口問玄武。抱著野菜的玄武轉過頭說：

『在山代鄉，就是那個方向……從這裡往西走，靠海灣。走路大概要一到兩天，昌浩可能還走不動。』

太陰點點頭，遙望黃昏將至的西邊天空說：

『成親還要半個月才會到吧？到那時候，他應該差不多痊癒了吧？』

『在正常的精神狀態下，當然會痊癒，但是以他現在的狀態很難說。』

太陰了解玄武話中的意思，低下頭說：

『是啊……』

筑陽鄉是離這裡最近的地方，有一部分是『余戶里』①，智鋪神社就是在這個余戶里郊外的偏遠山中。

雖然就在附近，但還有段距離，村落面向兩個海灣中東邊的海面，沿著筑陽川聚集。

他們現在落腳的草庵在深山中，靠近筑陽川的水源，所以不缺乾淨的水。到目前為止，也還沒有當地人來過這裡，所以是最適合休養的環境。

不過，現在或許也不是當地人入山的時候。

說要快點趕回去卻又不用跑的玄武，彷彿想起什麼似的看著太陰說：

『前幾天妳去村裡看過吧？是不是一團混亂？』

太陰停下腳步說：

『嗯，大概會亂一陣子吧！因為活神突然失蹤，祭壇也被摧毀了。』

然後，她將視線投向東北方的天空。

幾十年前出現的智鋪宗主所建立的祭壇，掀起當地的居民們幾近狂熱的信仰。現在，那個宗主消失了，祭壇的奉侍人員也像斷了線般突然倒地不起。那些人都是宗主給予死人假生命供自己驅使的傀儡，所以宗主消失就跟著失效了。傀儡們在一夜之間化為塵埃，更加深了人們的恐慌。

『心靈寄託的對象突然不見了，是什麼感覺呢？』

『我們沒有這樣的對象，很難理解。』

玄武認真思考起來。

『沒錯……勉強來說可以說是晴明，可是我們並不依賴晴明。』

雖然他們將晴明奉為主人，但是感覺上比較接近對等的關係。不過那是晴明的個性與他對待十二神將的方式，給了神將們這樣的感覺。他總是把十二神將當成朋友，就因為他是這樣的人，十二神將才死心塌地投入他旗下。

再度跨出腳步後，太陰悄悄嘆了口氣。

快到草庵了。穿越這座森林後有片小小的空地，草庵就蓋在那裡。雖然靠近河，但是四周森林環繞，不知道路的話很難找到這裡來。

只有一個房間和一處泥土間的草庵，有樹木圍繞的天然屏壁。房間中央有個坑爐，可以在那裡烹煮食物。

突然，玄武倒抽一口氣說：

『看吧！我就跟妳說嘛！』

語氣中帶著埋怨。太陰往前看，一個臉色蒼白的小孩就坐在草庵門口附近的樹根上。

雖然已經陰曆三月中旬，但是快黃昏時溫度還是會突然下降，病才剛好的他坐在那種地方，對身體非常不好。

『昌浩，坐在那裡會……』

聽到玄武僵硬的聲音，茫然仰望著天空的昌浩低下頭來，但他的視線卻直接穿過玄武和太陰，四處游移像在尋找什麼。

『玄武，你在哪？』

兩人大吃一驚，慌忙加強了神氣。

只加強了一點——讓一般人可以看到的程度。

看到突然現身的玄武和太陰，昌浩才鬆口氣笑著說：

『回來了啊？因為有點晚，所以我在這裡等你們。』

『對不起，多花了點時間。』

玄武顯得有些過意不去，昌浩慌忙搖搖手說：

『我躺得有點煩了，剛好起來散散心……勾陣也允許了。』

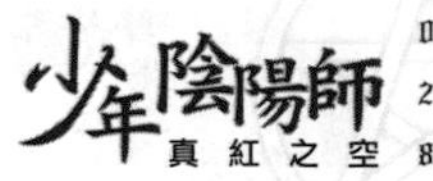

雖然是允許了，但八成是帶著無奈的嘆息，勾陣向來不太會修飾自己的措詞。

『……好像還是有點虛弱。啊！不過知道你們就在旁邊，也聽得到聲音，所以應該沒什麼大問題……』

這樣還比之前好多了。

昌浩這麼說完後，站起來說：

『天快黑了，我們進去吧！』

看到太陰拖的山豬，昌浩張大了眼睛。

『哇！好厲害。妳是怎麼抓到的？』

『很簡單，就是把風矛對準牠的鼻頭射過去。』

她神情自若地擺出射東西的架式，昌浩看著這樣的她，露出微帶僵硬的笑容說：

『……這麼簡單啊！』

『嗯，很簡單，一射中牠就不能動了，我又給牠致命的一擊，已經放了血，再來只要切切剁剁就行了。啊！毛皮也可以處理做成皮革，要不要留下來？』

太陰若無其事地說得口沫橫飛，只聽她這番話，會以為她是個經驗豐富的獵人。

『接下來的天氣用不到毛皮了，而且我們並不是要在這裡長期居住，只要備好目前需要的食物就行了。』

太陰點點頭，坦然接受玄武的意見。

『說得也是，那我把皮剝下來後就扔到深山裡。讓自然的東西回歸自然，這就是基本道理。』

昌浩看著嗯嗯點頭的太陰，回給她一個摻著苦笑的笑容。玄武用慣有的成熟語氣問他：

『勾陣在裡面嗎？』

『是啊！六合說為了安全，要去外面巡一巡……六合每天都出去呢！』

他應該是去巡邏戒備，但是昌浩總覺得不只是為了這樣，只是六合的樣子看不出有任何改變；就算有改變，昌浩恐怕也不敢問。

他突然抬起頭來看著天空，瞇起眼睛說：

『六合平常都會隱形，那是無所謂……不過，還是有點不方便。』

時間一刻刻流逝，太陽也隨之西沉，天空逐漸燃燒起來。照在昌浩臉上的夕陽帶著紅色，又到了白天與夜晚交界之際，世界被染成橙色的時間。

玄武用不帶感情的眼神看著遙望天空的昌浩側臉。

昌浩看起來精神還不錯，不知道是不是強裝出來的。

應該是吧！他耗盡了一切精神與體力，有段時間連床都下不了，幾乎無法進食。除

了某人之外，大家都擔心他會不會就那樣衰弱而死。

那個人還瞥過所有擔心昌浩的人，撂下了話。

——如果他死在這裡，就表示他只有這樣的能耐。

他用冰冷的視線、缺乏抑揚頓挫的語調和像孩子般的高亢聲音，說得鏗鏘有力。話中不帶是非，只是淡淡述說著事實。

而且那是昌浩臥床不起時，他在病床邊說的話。

幾個小時後，昌浩醒來，終於吃了之前一直無法入口的稀飯。他強忍住想吐的感覺，配水硬吞下去。就這樣，勉強延續了生命。

想到這裡，玄武就覺得難過。

當時昌浩真的睡著了嗎？應該是睡著了，要不然他不可能那麼平靜。

『……』

玄武眨眨眼睛，想起一件不該問的事。

『昌浩。』

『嗯……？』

玄武顯得有些猶豫，詢問望著天空的昌浩：

『我知道勾陣和六合在哪了……那麼騰蛇呢？』

他感覺到身旁的太陰抖動了一下肩膀。

昌浩的表情沒有變化，看著逐漸轉紅的天空，漠然地回說：

『不知道……應該在附近吧！我聽勾陣他們說的。不過，好像剛才就沒看到他了。』

說得好像不關他的事。

『這樣啊……』

『不過，應該都待在附近吧！我一大早就瞄到了白色尾巴。』

昌浩笑了起來。

『真奇怪，我看不到你們，也看不到周遭的妖怪，為什麼只看得到那個白色身影呢？……』

他記得，察覺的人是六合。

就在他脫離不知是夢還是現實那種半睡半醒的狀態時。

他躺在床上恍惚地看著樑柱，突然皺起眉頭移動視線。

『……六合，你在附近吧？』

這時候六合就在他身旁，而且難得沒有隱形，更沒有壓抑氣息，因為沒這種必要。

『我在這裡啊……昌浩。』

當時，陪伴著他的是六合和勾陣。玄武為了儲備食物，一大早就跟太陰去勘查環境，順便去看看附近的村莊。勾陣也沒有隱形，只是坐在離他稍遠的老舊外廊上，所以他看不見勾陣是可以理解的事。但是，六合就坐在他伸手可及的地方。

他的視線卻直接穿透了六合。

他覺得不對，手臂用力地撐起身子，然而衰弱的手肘立刻彎了下去。六合不忍心看他焦慮的樣子，伸出手來扶他，就在手突然碰觸到他時，他訝異地張大了眼睛。

『你在這裡吧？……嗯，因為我碰到你的手。』

『昌浩？』

看到他們兩人的樣子不對勁，勾陣靠了過來。昌浩像在確認似的摸著六合的手，嘶啞地喃喃說著：

『……我看不見……』

凍結的雙眸看著半空中。

自己的手、穿的衣服——理所當然圍繞在他周遭的東西，他都看得見。

但是，看不見鬼神。

就像小時候那樣，失去了通靈的能力。

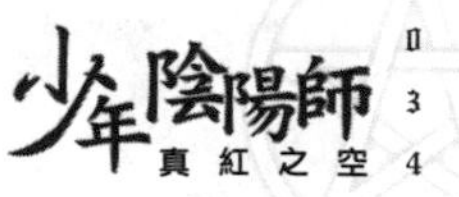

神將們非常震驚。昌浩與生俱來的通靈能力足以媲美安倍晴明，雖然還不及目前寄宿在安倍家的藤原彰子，但是連京城的陰陽寮裡，都沒有任何人的通靈能力勝過昌浩。現在他卻說他『看不見』。他可以感覺到氣息，也聽得到聲音，但就是看不見。昌浩是大陰陽師安倍晴明的小孫子，被視為晴明的接班人。愈是優秀的陰陽師，愈是不可缺少通靈能力，『看不見』是致命傷。

神將們個個大驚失色，昌浩本人卻很平靜。他只有在剛開始時受到打擊，後來看到特別加強神氣讓一般人也看得見的勾陣和六合都臉色發青，才抓著頭說真糟糕。

反正不是眼睛看不見，自己也還活得好好的。

原本應該失去生命，現在卻還活著，所以或許是必須付出這樣的代價。

跟以前的『三不』——看不到、聽不到和感覺不到比起來，這樣根本不算什麼。

他試著結印、唸誦真言，都有感覺到風的動靜，可見並沒有失去靈力。雖然與體力成正比而有些減弱，但是，痊癒後自然會恢復到某種程度。

可以到時候再來思考對策。

回京城後有祖父在。祖父可能會大吃一驚，但是他自己也很震撼，又很不方便，所以希望祖父不要罵他罵得太兇。

太陰拉拉陷入沉思中的昌浩的手。

從回想的深淵爬回現實的昌浩，看到兩個小孩子外貌的神將正擔心地看著自己。太陰臉上的表情原本就變化多端，但是，現在連玄武都露出了那樣的神色。

昌浩在內心暗叫不好，說：『肚子差不多餓了，不過說到吃也只有我一個人吃。』

基本上，十二神將與人類還是有一線之隔，不需要吃東西。

玄武邊往草庵走去，邊看著手上的野菜說：

『變成「人形」就可以進食，但是沒必要那麼做。』

他所說的『人形』，顧名思義就是變成『人類的模樣』，也就是變成跟現在差不多的樣子，再配上更深色的頭髮、眼睛，和改變有著明顯特徵的耳朵形狀。

聽到玄武那麼說，昌浩的表情有點憂愁。

『啊！好無情，一個人孤獨地吃飯很淒涼呢！』

『再淒涼也要吃，不然好不起來。』

還是一派輕鬆地拖著山豬的太陰，伸出食指嚴厲指著昌浩。

『趕快好起來，等成親到了就出發去山代鄉，要不然就趕不上螢火蟲的季節啦！』

昌浩點點頭說沒錯，然後抬起頭來看看草庵的屋頂。不為什麼，只是不自覺地就會往那裡看。

草庵的屋頂上坐著白色怪物。

身軀像隻大貓或小狗，動作優雅又輕盈柔軟。全身覆蓋著白毛，四肢前端有五根銳利的爪子，脖子圍繞著一圈勾玉般的紅色突起，長長的耳朵向後飄揚。

俯視昌浩的圓圓大眼是紅色，額頭上有紅花般的圖騰。

那是神將騰蛇變身後的模樣。

怪物接觸到昌浩的視線，立刻撇過頭去，轉身消失了蹤影。

小怪的陰陽講座

①日本古代律令制下的村落制度是以五十戶為一個里，零頭戶另外編成『余戶里』。

3

老婆把孩子放在家裡外出後，一直沒回來。

女兒白天出去玩，就不見了蹤影。

當大家聽到這樣的事，去附近搜尋時，已經是晚上了。

男人們拿著火把，幾個人一組分別前往山裡、海邊搜尋。

小女孩虛歲六歲，很可能失足落海。

就在長老和女人們忙著安撫焦躁沮喪的母親、哄著不安而無端哭泣的小兄弟時，男人們很快找到了她們倆。

兩人躺在一再交代過不可以靠近的小廟旁。所有人都儘可能不想靠近那座小廟，但是不得不靠近。

他們走近後，看到原本坐落在那裡的小廟坍塌，都嚇呆了。

『怎、怎麼會這樣……？』

倒在地上的兩人毫無動靜，男人們膽戰心驚地抱起她們，發現兩人都還有呼吸，只是昏過去而已。

男人們鬆了口氣，有人抱著小女孩、有人揹著女人，正要往回走時，突然發現最後一個人愣在小廟的瓦礫堆前一動也不動。

『喂！你怎麼了？』

男人畏怯地看看四周說：

『這裡供奉的東西到哪去了呢？』

他小時候曾經不聽警告接近小廟，結果染上原因不明的病。

小廟全都坍塌了，只剩下瓦礫。放眼望去，殘破的木格子門被拋得遠遠的，破壞的力量看似來自內部。而且向來讓人毛骨悚然的地方，現在竟然沒有恐怖的感覺，難道是因為小廟不見了？

有人焦躁地催促說：

『快走啦！再不把她們抬回去，恐怕會來不及救。』

『哦，來了……』

那個男人只得轉身，趕上先走的夥伴們。

坍塌的小廟瓦礫堆下，埋著一顆裂成兩半的白色石頭。

人應該都走光了，卻出現了一個身影。就在這個身影悄悄出現時，風突然靜止了。

詭異的沉寂籠罩四周。

『哎呀！費了我不少力氣。』

藏在黑暗中的身影低聲咒罵著。

『太好了，幸虧正好有可以利用的棋子，再來就等被放出來的妖怪作亂生事了。』

黑暗中飄蕩著嗤笑的氣息。

『這樣就可以把那個消失的傢伙也逼出來……』

黑暗微微顫動，悄悄震響的嗤笑聲戛然而止。

✖ ✖ ✖

他不喜歡夜晚。

一睡著就會做夢。如果醒來就會忘記還好，但是大多都會記得。因為不想做夢，有時他會瞞著神將裝睡到天亮，白天再昏沉沉地打盹，但是光這樣會睡眠不足，影響身體，晚上還是非睡不可，然後一睡著就做夢，一次又一次。

作為火種的木炭還埋在灰燼下，所以已經熄滅的坑爐還冒著微微的熱度。

昌浩躺在蓆子上，蓋著外衣。這是他自己的外衣，聽說是太陰拿來的。晚上還是很冷，所以他把外衣拉到肩上，翻身側睡。

即使眼睛已經適應黑暗，但是這麼暗，還是連東西的輪廓都看不清楚。這間草庵很小，除了通往外廊的木門外，只有一個像是窗戶的開口。

神將們到了晚上就會隱形，連氣息都感覺不到。有時他會想，他們會不會回異界去了。

一閉上眼睛，色彩鮮豔的光景就會在腦海裡盤旋。有紅色、白色，還有在黑濛濛的河岸遇見的那個身影。

突然，風流動了。

他反射性地望過去，看到白色怪物在稍遠處。剛才並沒有察覺到它的氣息，可見它是悄悄拉開板門，從門縫鑽了進來。

怪物察覺他的視線，板著臉說：

『幹嘛？』

聲音僵硬、冰冷。

——嗯？怎麼了？

耳朵深處響起同音質的另一個聲音，撼動了昌浩的眼眸。

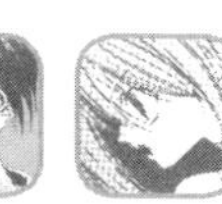

怪物受不了昌浩沉默不語卻帶有深意的視線，冷冷地撂下話說：

『看了就煩。』

昌浩心臟撲通猛跳，慌忙道歉說：

『對不起，我不是故意的……』

怪物轉個身又出去了。

怪物的真正身分是神將騰蛇，所以屋外夜晚的寒氣對它沒什麼影響。昌浩想起即使再冷的冬天夜晚，它也不覺得冷，大搖大擺走路的模樣。有時會用後腳直立，抬頭看著昌浩，眨眨那雙紅色的眼睛。

——嗯，太冷會感冒，你最好多穿一點。

昌浩閉起眼睛，把外衣拉到頭上，在衣服下抱住膝蓋，把身體蜷曲起來。嘴唇緊閉，僵硬地縮著身子，壓抑著洶湧而上的情緒。

這是自己選擇的結果。

那個白色怪物就在身旁，雖然幾乎不與他交談，但它畢竟活著。

怪物待在這裡是因為晴明的命令。他每晚都告訴自己，即使是這樣也好。看到只有晚上會接近他的怪物，他就覺得安心。

只有晚上，是因為其他神將會離開他身旁。嚴格來說，神將們應該還是在附近，因為要保護他，所以不會完全離開，只是隱藏了身影。

但是當神將們待在昌浩身旁時，怪物絕不靠近，可能是認為有其他神將保護，自己不需要待在旁邊。

最近他發現只要有怪物在，太陰就渾身不自在，怯怯地畏縮起來。怪物一離去，她就會吐口氣全身放鬆。

『你睡不著嗎？』

突然響起低沉渾厚的聲音。

昌浩詫異地從外衣探出頭來。

剛才怪物出去時，沒有把板門完全拉上，月光從縫隙照進來，只能看到雙腳交叉伸直坐在門旁的勾陣側臉。原來，她也一直待在那裡。

從門縫吹進來的風，把她齊肩的黑髮吹得搖曳飄揚。直視著昌浩的閃亮清澈的眼眸，蕩漾著如夜晚水面般的沉靜。

昌浩緩緩撐起身子。

『嗯……因為會做夢。』

勾陣特地現身跟他說話。如果是六合，大概會保持沉默。如果是玄武或太陰，找不到話說，應該還是會保持沉默。

這個神將以前不常見，但是這半個月來彼此熟悉了，也了解性格了。

她會退離漩渦一步，觀察分析大局。雖然在戰鬥時是操控熾烈的通天能力的鬥將，但是其他時候的表現都很沉著，值得依賴。她跟向來保守、不太表達自己意見的六合不同，有意見時她都會清楚地說出來，但是善於措詞，所以昌浩都能坦然接受。勾陣就是這樣的人。

她是神將，所以用『人』這樣的說法或許有點奇怪。

昌浩從只有草蓆和被子的粗糙床鋪爬起來，在勾陣旁邊坐下。

『受涼就不好了，把衣服披上。』

勾陣把用來代替棉被的外衣拖過來，披在昌浩肩上。

昌浩想起同樣關心自己的小怪。

心好痛。

隔著落在地板上的月影線，勾陣與昌浩沉默了很久。

昌浩覺得勾陣是在等自己開口，於是支支吾吾地說：

『我覺得……太陰好像很害怕。』

勾陣的眼睛眨了眨，微微瞇了起來。

『是嗎？』

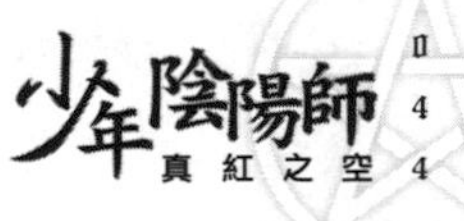

『玄武好像也是，只是拚命掩飾不讓人發現……六合跟妳好像就不會。』

『六合從以前就是那樣，對任何人都不會改變態度，那就是他的個性……不過，也有非常罕見的例外。』

昌浩沒有想太多就點了點頭。他同意六合對祖父的態度可能多少會有些不同，因為祖父畢竟是帶領十二神將的大陰陽師。

『至於我……我並不覺得可怕。』

『可怕？』

昌浩抬起頭來。勾陣點點頭，接著說：

『太陰會害怕，是因為她覺得騰蛇很可怕。從以前，太陰就不敢一個人接近騰蛇。』

『為什麼？』

昌浩從來不覺得騰蛇可怕。沒錯，現在的騰蛇講話生硬冷漠，眼神不帶感情，總是與大家保持距離。但是，也不過就是這樣。

大概是看出了他的疑問，勾陣偏起頭，雙臂環抱胸前，淡淡笑著說：

『晴明和你都是怪人，一般人都會害怕他身上所帶的神氣，那股神氣酷烈、尖銳、冰冷。沒有人會主動接近他，也不會找他說話，說得白一點，就是有種被他排斥、拒絕

的感覺。』

『……』

昌浩盯著勾陣，連眼睛都忘了眨。

他不認識那樣的騰蛇。

勾陣繼續動著形狀漂亮的嘴巴。『那就是我們熟悉的騰蛇……看著這樣的他，我就覺得很無趣，因為我不喜歡沒有感情的男人。』

聽起來平靜的台詞裡夾雜著許多不滿，只可惜昌浩沒有聽出來。

連同伴十二神將都避諱的最兇猛的火將，擁有煉獄之火，那是會燒毀一切的地獄業火。

向這樣的騰蛇伸出雙手的人類，只有給了他完全不同的名字的——年輕時的安倍晴明。騰蛇說，那個名字是他『唯一的至寶』。

『騰蛇……是不是想回到晴明身旁？』

嘶啞的聲音，將昌浩的心情表露無遺。

勾陣瞄了昌浩一眼，看到他低著頭，雙手緊握在膝上。形成一條線的月光是僅有的光源，室內漆黑一片，但是他緊握的雙拳顯得特別白，應該不只是因為月光照不到的關係吧！

低沉的聲音在靜寂中淡淡回應說：『……大概是吧！』

昌浩的心臟撲通跳了起來。

他是明知故問。

再次鑽回被窩中，他閉起眼睛還是無法入睡。

騰蛇待在這裡是為了執行任務。

他會待在遠離京城的出雲地方、與其他神將共同行動、陪伴沒有通靈能力的小孩，全都是因為安倍晴明下的命令。在騰蛇心目中，晴明的地位就是這麼重要。

如果勾陣說的是真的，那麼至今以來自己所看到的『紅蓮』，到底是什麼？

真的有紅蓮這個人嗎？他所認識的『紅蓮』，已不存在於任何地方了嗎？

眼前只有他不認識的騰蛇和目光冰冷的白色怪物。

他把臉埋在外衣裡，改變姿勢，像幼童般蜷起身體，用力閉上眼睛。

『……』

既然這樣，大可不要再變成那種模樣。

大可恢復騰蛇的真面目，跟六合他們一樣隱形。

這樣，他就不會緊抓著自己心中僅存的一點希望不放了。

那是明知絕不可能，卻仍無法放棄的希望。

——怎麼了？昌浩。

那個聲音這麼說。它偏頭看著坐著的自己，夕陽色眼眸眨了眨，淡淡地笑著。咻咻甩動的白色尾巴啪唏啪唏拍著背，眼神是那麼的柔和。

——有心事嗎？來，說給我聽聽……

昌浩緊抓著外衣的手指更用力了。

『……忘了吧……』

這種事已經不可能了。因為那傢伙、那個近在身旁的騰蛇，已經不再是他所知道的騰蛇了。

那是不認識昌浩的騰蛇，是記憶中已經沒有昌浩的騰蛇。

這不正是昌浩自己所希望的嗎？

為了讓他回來時不再悲傷、不再痛苦，昌浩希望他忘了所有的原因。

就是如此期盼，所以當時昌浩唸誦了忘卻的咒文——

儘管緊閉的眼睛發熱，他也裝作沒感覺，繼續低聲唸著：

『不管做多少次惡夢，都將不復記憶……』

如流水般毫無滯礙。

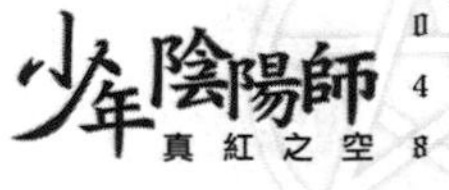

就像從手中流瀉的水，又像從掬起的指間流逝的沙子。

你可以忘了，因為我會記得，所以忘了吧！

其實那應該是自己自私的期盼，等於挖去了紅蓮心中的一部分，所以現在這麼痛苦，一定是硬這麼做的自己受到了懲罰。

他企圖用生命換回那個溫柔的神將，但是自己卻回來了。光是看不見鬼神，恐怕還不足以贖罪。

自己將這樣一輩子痛苦下去。

然而，不管經歷過多少的夜晚、多少的夢，他還是會做同樣的選擇。

因為就算再痛苦，無論如何，他都不願意『失去』。

整晚不曾闔眼，迎接的早晨天空密佈著厚厚的雲層，反映出昌浩的心情。

太陰打開門，皺起了眉頭。

『沒有陽光，溫度就不會上升，濕氣又重，好討厭。』

回過頭看到昌浩的臉，太陰的表情更難看了。

『喂，你有沒有好好睡啊？臉色那麼蒼白，好像精神、霸氣都不知道被你掉在哪了。如果吃山豬還不夠補，要不要我去抓鹿或熊來？』

『熊肉太誇張了啦！就抓兔子吧！雉雞或鵪鶉也行。』

太陰的臉突然沉了下來，玄武訝異地看著她，她支支吾吾地說：

『兔子、雉雞、鵪鶉這些東西，目標都太小啦！不容易射中。』

還會把附近的樹木通通掃平。

但是聰明的玄武沒有戳破這一點，只跟她說那就抓鹿吧！

整體來說，太陰的法術比較暴力，不適合做太精細的事。在這方面，體型壯碩高大的白虎，反而擅長所有太陰棘手的事，兩人剛好互補。

想起白虎跟太陰站在一起像父女的模樣，玄武不由得一直點頭。

自以為事不關己的玄武，其實跟白虎站在一起也很像父子，但是，他似乎沒有這樣的自覺。

昌浩神情僵硬地聽著他們兩人的對話。

山豬已經夠誇張了，如果真的抓鹿或熊來怎麼辦？

太陰沒注意到昌浩說不出話來的樣子，交叉雙臂說：

『晴明療傷那一次正好是冬天，又不能立刻遷移。別說是獵物，連野草都被大雪掩埋了，我們只好在雪地上追兔子，或隨便打落幾隻鳥。』

『是啊、是啊……』

昌浩隨口應和她。

『如果是秋天，就有採不完的果實，輕鬆多了。啊！對了，去河裡抓魚吧！筑陽川應該有不少魚。』

她自覺是好點子，給自己拍拍手，徵求玄武的同意。

『喂！玄武，這主意不錯吧？乾脆去海邊抓魚，反正飛一下就到了。』

『嗯，好主意，偶爾換個菜色也好。』

玄武鄭重地點點頭，太陰立刻抓住他的手，回頭對昌浩說：

『我們去一下，昌浩，你乖乖等著，不要像昨天那樣出來外面哦！你的臉色太差了。』

昌浩被太陰嚴厲地指著鼻子念，只有苦笑著說：

『嗯，我知道了。』

太陰滿意地拖著玄武從外廊跳下去，跑沒幾步就颳起風來把兩人包住，瞬間變成了龍捲風。

強風灌入草庵，昌浩不由得閉起眼睛，從指間窺視狀況，兩人都不見了。

呼——昌浩嘆了口氣。

有他們在很熱鬧、很吵，可是不在了，又安靜得有點寂寞。

太陰和玄武是用心良苦，想藉這種方式來激勵昌浩。若不是在這種狀況下，他們不太可能說出獵鹿、獵熊那種話——應該不會吧！

他把門完全打開，坐在外廊上。外廊比地高一些，他把腳伸到地面上。

因為雲層很厚，所以天色有點暗，低垂的雲層彷彿就快落下淚來了。

他茫然望著天空，聽到背後有衣服摩擦聲，偏過頭去，看到六合現身後的細長布條。

突然，他發現長布條下的胸口處好像有個紅紅的東西，那是什麼呢？

『……六合。』

六合轉過身來面向他，動動黃褐色的眼睛作為回應。勾陣站在另一側的牆邊，默默看著眼前的狀況。

『你胸前……那個紅色的東西是什麼？』

『別人寄放的。』

還是那種缺乏抑揚頓挫的語調，表情也沒有改變，只有瞬間的突兀感。

別人寄放的？昌浩在口中重複這句話，又坐回原來的姿態。

『這樣啊……』

然後他突然想到，自己還沒有問過那件事的經過——就是他與祖父兵分二路去對付黃泉屍鬼之後的事。

祖父和神將們最後如何處置智鋪宗主呢？

風音被妖怪追殺受了重傷，但是他們非趕去宗主那裡不可，所以只留下六合保護她。

改天要把結果問清楚，不能永遠這樣不清不楚，還有……

『——』

昌浩突然張大眼睛，重重的衝擊貫穿胸口。

必須向爺爺道歉。

他拜託了爺爺很殘酷的事，完全沒想到自己那麼說，爺爺會是什麼心情。不，他知道爺爺會是什麼心情，只是為了達成願望，假裝不知道。

一個白色影子掠過視野，他偷瞥一眼，發現怪物正注視著自己。投向他的紅色眼睛很快就撇開了。

昌浩覺得那是無言的苛責，胃整個絞痛起來。

『昌浩？』

勾陣察覺昌浩的肩膀抖動了一下，擔心地問他。他強裝鎮靜說：

『沒事……』

一股氣息靠近。勾陣走到昌浩身旁停下來，看到轉身離去的怪物，悄悄嘆口氣說：

『簡直就像月亮，看得到卻無法接近。』

那語氣顯示她也受夠了怪物，昌浩抬頭看著比自己高的勾陣。

『看到他那樣的態度，還是會生氣……』勾陣皺眉，在昌浩旁邊蹲下來，盯著他的臉、摸摸他的額頭，表情凝重地說：『好像沒發燒，可是臉色很差，還是去躺著吧？』

『不……沒關係，我真的沒事。』

勾陣深邃的眼眸看著硬撐的昌浩，彷彿就要把他看穿了，他慌忙轉變話題。

『那個道反的封印……還有聖域，後來怎麼樣了？』

勾陣懷疑地瞇起了眼睛，但還是決定配合昌浩，一屁股坐下來，跟他一樣看著外面。六合坐鎮在他們兩人背後，但是完全抹去了氣息，所以很容易被遺忘。

勾陣把視線從昌浩身上轉向草庵四周的山茶樹，現在正是野山茶花的季節，小小的花瓣在深綠色的葉叢中盛開綻放。

『某種程度算是復原了……但是，也有某些犧牲。』

『犧牲……』

昌浩低聲重複這兩個字。

『我是跟你同行，所以詳細情形也是聽晴明說的。如果你現在就想知道，等玄武回來時，可以透過水鏡傳送畫面和聲音。』

昌浩揚起了眉毛，他可沒想過要跟爺爺直接對話。

『我們還要在這裡停留一段時間，所以那麼做也無所謂吧？你覺得怎麼樣？』

昌浩嗯哼清清喉嚨，視線徬徨地四處游移，心跳隨著情感全速疾馳起來。

就在他不由得握起拳頭時，突然覺得背脊發涼。

4

小女孩張開了眼睛，視線卻沒有焦點。

『妳怎麼了？快回答我啊！』

母親看到女兒完全沒有反應，不安地搖晃著她小小的肩膀。

但是，女孩只有頭像人偶般晃動著，失焦的視線在半空中飄浮。

看到妻子半瘋狂地喊著不該讓她一個人出去，男人握緊了顫抖的拳頭。

他一再告訴過女兒，不可以接近那座小廟啊！

在很久很久以前，當他祖父的祖父還是小孩子時，有個妖怪從西方乘風而來，在這一帶興風作浪，鬧得死傷慘重，再繼續下去整個村莊就會滅亡。

沒有任何力量的人們，只能等著成為妖怪的食物。

就在某天晚上，妖怪突然消失了。

據說它是被供奉在村莊外偏遠處的那座小廟。

從此以後就傳說不能靠近那座小廟，因為裡面供奉著可怕的東西，而且事實證明，凡是靠近的人也都難逃災禍。

在小廟前被發現的另一個女人，經過一天一夜才醒來。

她躺在草蓆和舊衣鋪成的床上，茫然地環視屋內。

旁邊的小兄弟露出安心與喜悅的表情，看著母親的眼睛。

『媽媽，太好了……』

女人訝異地看著淚眼汪汪的弟弟。

『……媽媽……？』

哥哥聽到媽媽這樣喃喃覆誦著，眨了眨眼睛。

媽媽好像不太對勁。

『媽媽？』女人坐了起來，皺起眉頭說：『這是怎麼回事？』

這時候，孩子的父親——也就是女人的丈夫——剛好從長老那裡回來，看到坐起來的妻子，鬆口氣露出安心的神情。

『啊！太好了，我正擔心妳要是醒不來怎麼辦呢……』

他蹲在草蓆旁，粗糙的手伸向前去，卻被女人揮開了。

『你要做什麼？這裡是哪裡？』

女人的語氣尖銳，眼神充滿警戒，邊瞪著男人和孩子們，邊向後退試圖逃走。

『妳在說什麼？這裡是妳的家啊！』

男人這麼說。女人用力搖著頭說：

『你騙人、你騙人，這裡不是我家，你想幹什麼？你把我帶來這裡，到底想做什麼?!』

女人發出淒厲的叫聲，搖搖晃晃地站起來。

『我要回去我爸媽那裡！他們一定很擔心我，我媽媽心臟不好，不能工作，我不在家的話……』

孩子們趕緊抓住腳步蹣跚、赤著腳就要跨出家門的媽媽。

『媽媽，妳要去哪？不要走啊！』

女人用力甩開孩子們，被推倒跌坐在地上的哥哥茫然看著母親，而跌得跪在地上的弟弟忍不住哭了出來。看到弟弟哭，哥哥也掉下了傷心的眼淚來。

男人發現妻子的情況不對，邊慢慢靠近她，邊極力安撫。

『妳在說什麼？妳爸爸和媽媽不是都在很久以前染上流行病死了嗎？』

女人緩緩搖著頭，張大到極限的眼睛流露著恐懼的神色。

『你騙人，我爸爸那麼健壯，怎麼可能生病？……我知道了，我、我是被你拐來的，對吧？』

『胡說八道！』

男人怒吼，抓住女人的手。女人發出慘叫聲，嚇得表情扭曲，咿咿啞啞說不出話來，拚命想甩掉男人的手。

她瞪著纏著她哭泣的孩子們，大聲尖叫起來：

『我沒有你們這些孩子！放我回去……！』

＊＊＊

那是所謂的『直覺』。

將近一年前，什麼也看不見、感覺不到，將這樣的情況視為理所當然的時候，還是有『不祥的預感』或『風捎來的訊息』之類的本能存在。力量復原後，那樣的本能更強了，可能是看不見鬼神，把那樣的本能磨得比以前更犀利了。

昌浩突然抬起頭，赤腳跳下地面，跑了一段距離後停下來，臉色蒼白地環視周遭。

幾秒鐘後，勾陣和六合也迸出了鬥氣，分別滑入昌浩左右，觀察周遭的動靜。

在草庵上的怪物從高處看著他們的舉動。

『嗯……』

那表情完全無意參與，紅色雙眸眨了眨，猛然掃過四周。

從茂密的樹林縫隙吹來的風中夾雜著妖氣。

令人不舒服的氣息捆住全身，怪物露出兇惡的眼神，臉色大變，狠狠地咂了咂舌。

『……水氣。』

風中含著濃重的冰冷水氣，還有邪惡、暴戾、緊緊纏繞的凍結妖氣，帶著挑釁的意味。

它瞥了勾陣他們一眼。六合與勾陣都有強大的神氣，尤其是勾陣的力量僅次於自己，即使自己不插手，憑他們兩人就可以擺平了，但是不知為何，它就是覺得惱怒。

異形的氣息逐漸接近，樹木害怕得沙沙作響。

『那邊是……西邊？』

『嗯，稍微偏北。』

昌浩的確認得到肯定的答案。六合的長布條詭異地翻騰起來，茶褐色的頭髮猛烈搖曳。勾陣的齊肩黑髮臨風飄揚，眼中閃過嚴厲的光芒。

『好快……』

彷彿騰空疾馳。

六合左手上的銀環閃閃發亮，一眨眼就成了銀槍，昌浩被他擋在身後。

『來了——』

從樹木縫隙間竄出來的黑影，打斷了六合的喃喃低語。

太陰和玄武在靠近筑陽川源頭的地方，盯著水流。

『有了……！』

太陰手一指，玄武立刻冒出神氣。

幾隻躲在岩石陰暗處的嘉魚被封入凝結的水塊中，躍出水面，水濺開後，嘉魚散落河岸，啪嘰啪嘰拍動身體做最後的掙扎。

『哦！大豐收、大豐收，不愧是玄武。』

太陰用力鼓掌稱讚他。玄武不理她，邊抓魚邊嘆口氣說：

『晴明很愛吃嘉魚。』

回京城後也抓幾隻給晴明吧！晴明也會自己晃到河邊垂釣，但是這時的晴明通常是去思考事情，所以很難有什麼收穫。

去保護晴明的六合或閒來無事純粹去陪晴明的玄武，看到他哀怨地瞪著在河裡優游的魚兒，就替他覺得難過。

他應該是原本就不擅長釣魚。

『昌浩也喜歡嘉魚呢！因為他是晴明的孫子。』

『那不是原因吧？』

太陰氣焰囂張地回他說：

『他們生活在一起，嗜好當然相近啦！』

說得那麼鏗鏘有力，到底有什麼根據呢？玄武在心中獨白。

出生以來便和晴明住在一起的長子吉平，就跟晴明不一樣，不是很喜歡嘉魚。以太陰的理論來說，這是不太可能的事。

玄武知道這麼說會惹得太陰火冒三丈，所以把這些話藏在心底。

他用浸過水的藤蔓把抓到的嘉魚綁起來，望著河面想這樣應該夠了。

異樣的氣息從下游滑過水面，在他們腳下盤繞。

太陰騰空浮起，玄武站在河邊的沙地上。離玄武兩公尺遠的河邊浪潮平靜無波，太陰腳下的水流卻奔騰湍急。

他們是在離源頭不遠的下方淺灘處捕魚，嚴格來說或許不能說是捕魚，但是為了方便起見就這麼說吧！

太陰慌忙甩掉纏繞在腳上的東西，降落在玄武身旁。附近都是凹凸不平的岩地和粗

糙的沙粒，地勢不是很好。

『……玄武。』

『嗯。』

他們把抓來的成串嘉魚高高往下游拋去，說時遲那時快，一個黑影躍出水面，咬住了那串魚。

像人面的臉被長長的裂縫分割成兩半，血盆大口一口吞下了嘉魚。密密麻麻一整排尖牙的嘴巴嘎嘰闔起來，被咬成好幾段的藤蔓滑落水面。

怪獸般的軀體長滿黑色硬毛，四隻腳濺起水花，沒有眼珠子的圓圓大眼瞪著兩個神將。

有如刨削金屬般的高亢叫聲從妖獸的喉嚨迸出來，太陰全身起雞皮疙瘩，受不了似的抖動了一下。

『可惡……』

她氣勢洶洶地揮出右手，拋出的風矛呼嘯著衝向妖獸，但是卻被輕易閃過，風矛將所有沿著淺灘生長的桂樹全掃平了。

『太陰！』

她不理睬玄武責備的叫聲，又召來了龍捲風。

『竟敢吞了昌浩的食物——！』

怒不可遏地施放出去的龍捲風，這回精準命中。

妖獸發出無法形容的慘叫聲，被狠狠地撞飛出去，再高高濺起水花沉入水中。

『休想逃！』

太陰正要往前追，玄武卻突然抓住她的衣領。

『慢著！』

『哇啊！』

玄武抓著向後仰的太陰，神情嚴肅地看著草庵的方向。

『有氣息……』

『咦？』

玄武放開太陰，轉過身去。

不一會兒，太陰也感覺到風中夾雜的妖氣，眼中閃過淩厲的光芒。

『跟剛才一樣的氣息！』

剛才被她擊飛出去的妖獸氣息就是所謂的『妖氣』，同樣的妖氣也從草庵那邊飄了過來。

玄武和太陰一離開，水面就冒起白色泡沫，接著冒出了一張黑色的臉。滿臉猙獰的妖獸看著兩人消失的方向，啪喳一聲又沒入了水中。

之後，妖獸就沒再浮上來了。

怪物煩躁地磨著牙。

突如其來的黑色妖怪齜牙咧嘴地攻上來了。

六合以銀槍抵擋，勾陣往妖怪的肚子狠狠踹過去。妖怪發出刺耳的咆哮聲，被踹飛出去，撞上了山茶樹，但是立刻重整態勢又衝了過來。

深色長布條翻騰，像殺雞宰魚般將妖怪甩出去，勾陣立刻趁隙抓住僵直不動的孩子的手，一把拉過來。妖怪的銳利爪子劃過孩子的殘留影像，撲了個空。

『啐……』

怪物咂咂舌，瞪著臉色發白的孩子。

這孩子完全無法應對，難道他繼承了安倍晴明的血脈，卻沒有任何力量？

『昌浩，你沒事吧？』

昌浩在勾陣與六合的保護下，緊繃著臉點點頭說：

『嗯，還好……』

氣息的流竄快得令人頭昏眼花，沒有片刻止息。

他聽到四隻腳踏地而起，穿越樹林，踩過雜草往前衝的聲音。

他感覺到妖氣，肌膚起了雞皮疙瘩，頸子一帶有冰冷僵硬的東西凝結成塊，清楚知道妖怪已經近在咫尺。

他咬緊了嘴唇。

深切感受到看不見鬼神是怎麼一回事。他集中全副精神去感覺，可以掌握到妖怪的行蹤，卻來不及反應。面對什麼也沒有的空間，視覺瞬間遲疑，聽覺與觸覺喚醒了麻痺的神經，但是此時妖氣已經轉移到其他地方。就是這樣一再重複。

在更久之前當通靈力量被祖父封住時，不是這樣。當時的他完全看不見、聽不見，也沒有任何感覺，所以沒有這麼強烈的突兀感。

『昌浩！』

六合揮舞的銀槍槍尖從視野角落閃過，他的身體頓時失去平衡，覺得背部產生灼燒般的疼痛。

是很多隻，不只一隻?!

他聽到好幾個重疊的聲音。六合與勾陣都陷入苦戰，可見對方的動作比想像中快很多。

勾陣的雙眼炯炯發亮。

『六合，你保護昌浩。』

她的聲音清亮冰冷，雙手放在腰間的筆架叉上，走到兩人前面。

『別再跟它耗了，讓我一刀宰了它。』

『能宰了它當然好，但是可別讓衝擊力摧毀了草庵。』

冷靜的勸告沒有得到回應。

刺耳的咆哮聲響徹山中，六合微微瞪大了眼睛。

『不是很多隻……？』

『咦？』

昌浩不由得追問，六合答說：

『那妖怪只有一隻，但因為速度太快，連我們的眼睛都無法掌握，太驚人了。』

六合嘴上這麼說，卻顯得一點都不驚訝，倒是昌浩驚訝得說不出話來。

那麼，他聽到的許多腳步聲也是那樣？

昌浩把手貼放在額頭上，心想不妙，看不見鬼神已經夠糟了，以後再遇上這種對手可怎麼辦？

他想起已經遺忘的事，當初就是因為沒有通靈能力，才覺得自己不能成為陰陽師。

現在即使感覺得到，看不見還是有很大的限制。昌浩理想中的陰陽師，不能缺乏五

感中的任何一感。

拳頭緊握的他，耳邊突然響起低沉冰冷的聲音。

『實在看不下去了。』

白色怪物翩然降落在他眼前，瞬間轉換成真面目。

騰蛇偏過頭，瞥了一眼瞠目結舌的昌浩，金色的雙眸閃耀著冰冷的光芒。

『你這樣也配當那個晴明的孫子？』

『……！』

昌浩無法呼吸，心臟在胸口深處猛烈跳動，有種被又重又冷的刀刃刺穿的錯覺。

六合回頭看昌浩，向來沒什麼變化的表情逐漸顯現狼狽的神色。

『騰蛇？』

騰蛇單手制止訝異的勾陣，瞪著妖怪咬牙切齒地說：

『快滾，礙眼的傢伙！』

他高舉的手掌上冒出鮮紅的火苗，瞬間燃燒起來。手輕輕一揮，擴散延燒的火焰漩渦便擋住了妖怪的去路，像牢籠般封住了它。企圖逃脫的妖怪全身被火蛇緊緊纏住，發出淒厲的慘叫聲，伴隨著肉的灼燒臭味。

火勢增強，直燒衝天，瞬間跟妖怪一起消失了。

被火焰搧動的風拍打在昌浩臉上，那股熱氣很快就冷卻下來，體溫也同時下降。

昌浩呆呆站著，望著騰蛇的背影，一步也動不了。

好久沒看到這個比自己高大、體態精實的健壯身軀了，隨風飄揚的深色頭髮披散著，長度不到肩膀。

髮間微微露出刻著細緻圖案的銀冠。

『昌浩！』

太陰和玄武在強風中降落，兩人看到騰蛇，瞬間定住不動。

太陰的臉逐漸緊繃起來，血色盡失，旁人都看得出她正全力壓抑著直想往後退的衝動。

騰蛇注意到太陰全身僵硬，不悅地皺起了眉頭。這個動作更加深了太陰的恐懼，騰蛇本人卻沒有自覺。

玄武帶著些微緊張的神色，觀察周遭狀況。

『你們剛才是跟「人面黑獸」對峙嗎？』

『沒錯。』

回答的是勾陣，騰蛇完全不理會玄武的詢問。

氣氛愈來愈惶恐不安，光騰蛇一個人，就可以使空氣變得這麼肅殺。

全身僵硬地站在原地的昌浩，無意識地動起了嘴巴。

『……紅蓮……』

剎那間——

騰蛇的雙眼炯炯發亮，圍繞著他的風帶著刀刃的銳利，鬥氣如蒸騰熱氣裊裊上升。

騰蛇緩緩地轉過頭來，兇惡的眼神射穿了昌浩。

『你為什麼知道那個名字？』

是低沉中帶著憤怒的詢問——不，那樣的沉重度，應該說是逼問。

昌浩答不出來。鬥氣是如此激昂，彷彿碰觸到就會被劈成碎片。

所有人都屏住了氣，騰蛇又冷冷地放話說：

『你算啥玩意？不准叫那個名字！』

昌浩的心應聲凍結。

他拚命壓抑膝蓋的嘎答嘎答顫抖，緊緊握起發冷的雙手。

眼睛忘了眨，就這麼默默地看著騰蛇，沒有血色的臉上看不出表情。

只覺得騰蛇的金色雙眸光亮耀眼。

過了一會後，騰蛇像失去了興致般不屑地撇開視線，瞬間變回白色小異形的模樣，

輕輕翻個身就不見了。

過了好一會，凍結的風才開始流動。

『……昌浩！』

這麼急切、高亢的聲音，是誰的聲音？

『你還好吧？臉色很蒼白呢！』

聽起來這麼成熟、帶著擔心的聲音，又是誰的聲音？

為什麼眼睛深處會發熱？

昌浩覺得膝蓋無力，有雙大手支撐著他癱軟的手臂，他卻連攀住那雙手的力氣都沒有，就那樣滑坐在地上。

自己看不到、見不到，但是，究竟想看到什麼？想見到什麼？

心中深處響起某種重要的東西碎裂的聲音，那是什麼聲音？

某人蹲在他前面，有雙黑亮的眼睛，那是誰？

他聽不見風的聲音、葉子的婆娑、草的呢喃，那些聲音都不見了，取而代之的是回音般的聲音。

——名字是有涵義的東西，不能隨便告訴別人。

眼前的世界搖晃起來。不，搖晃的是其他東西。

——啊、啊，你振作點嘛！晴明的孫子……

告訴我名字的人是……

把重要的名字、把那唯一至寶的名字……

告訴我的人是……

——我賜給你叫我名字的權利……

這麼告訴我的人是——

5

＊＊＊

她不記得生過孩子、不記得跟誰結成了夫妻，也不記得見過他們。

女人的時間回到了少女時代。

我不認識這些孩子，我也沒有結婚。

她看著思念她的孩子們的眼神，就像在看來歷不明的人，把心愛的丈夫當成罪犯般厭惡。

『是那座小廟在作祟……』

妻子究竟在那座坍塌的小廟旁發生了什麼事？

那個跟妻子在一起的小女孩也失去意識，成了活生生的人偶。

但是，還有希望。聽說面臨東邊海灣的筑陽鄉附近，有座祭祀某神明的神社，裡面有位具有神奇力量的人，會幫人治病、讓死人復活。去求那個人，一定可以救回妻子。

他把孩子託給附近的鄰居，獨自前往筑陽鄉。

以前，他從不相信奇蹟。在出雲出生的他，從小便親近並信仰住在神話中的眾神，根本不相信什麼新興的智鋪神社。但是，現在他不再仰賴看不到身影、也不靈驗的神，寧可去求會製造奇蹟的智鋪神社。

然而到達筑陽鄉時，當地人告訴了他不幸的消息。這一個月來，沒有人見過宗主大人，進入陰曆二月後，他就突然消失了蹤影。

怎麼會有這種事？宗主在哪裡？只有宗主可以救妻子啊！

他四處奔波探尋，希望能找到任何可以提供線索的人，但是徒勞無功。

他灰心沮喪，帶著遺憾的心情回到孩子們身旁。臨走前還拜託那裡的人，如果宗主再度現身，一定要通知他。

那是陰曆二月中的事了。

回到家後，他一再告訴孩子們：

『有位叫智鋪宗主的人，一定會治好媽媽的病。媽媽生病了，想不起你們來了，所以你們要耐心等待。』

孩子們堅強地笑著點點頭。

結果陰曆三月初，他接到了如同惡夢的壞消息。

智鋪神社坍塌，宗主失蹤。宗主和年輕的女巫應該都不會再回來了。

他被推入了絕望的深淵。

看著孩子們哭累睡著的臉龐；撫摸著孩子們淚痕斑斑的臉頰，他強忍著不讓自己哭出聲來。

任何人都行，只要能救自己的妻子，他什麼事都願意做。

記憶回到少女時代的妻子，一個人住在村外的偏遠小屋裡。

妻子說到處都是不認識的人，她很害怕，小時候的朋友也都老了，她無法相信他們。他煩自己家裡的事都來不及了，完全無心管其他事。

所以，他不知道在他居住的村莊裡，出現很多跟他妻子一樣精神異常的人，也不知道有很多人失蹤了，下落不明。

＊　＊　＊

在草庵屋頂上眺望著東方的怪物，察覺背後的氣息，回過頭去。

『幹什麼？』

勾陣盤據在怪物後方，但並不是要攻擊它，只是交叉雙臂皺起了眉頭。

『騰蛇，他是晴明的孫子。』

『聽說是。』

『不要用那種語氣跟他說話。』

『我覺得沒必要避諱。』

怪物一口拒絕後，轉過頭去看著勾陣說：

『勾，我並不是自願待在這裡，是晴明的命令我才留下來的。那孩子是晴明的孫子沒錯，但是，沒理由要我特別為他費神。』

所謂『無力』大概就是這種感覺吧！

勾陣吐了口氣，嘆息說：

『如你所說，他還是個孩子，一個內心柔弱、很容易受傷的孩子。我知道你不喜歡小孩，可是跟他說話也沒必要像利刃那麼犀利吧？』

怪物看著勾陣，甩了甩白色的長尾巴。

紅色眼睛動也不動地盯著勾陣，勾陣也坦然地與它對看。

勾陣擁有僅次於騰蛇的通天力量，跟騰蛇一樣是兇將，沒有道理像太陰或玄武那樣怕他。對她來說，有什麼萬一時可以依靠的騰蛇反而是很重要的存在。但是這是兩回事，她不能原諒騰蛇踐踏人心的舉動。

然而，騰蛇絕不會對誰敞開胸懷，也不喜歡任何人。

在他們度過的漫長歲月中，安倍晴明是第一個讓他破例的人。

與騰蛇互瞪的勾陣想起十二神將中的青龍。

青龍非常討厭騰蛇，但是就某方面來說，他們兩人的性格其實極為相似。他們彼此討厭對方，應該有同類相斥的成分在。不管他們說起話來有多冷漠、有多難聽，青龍和騰蛇對奉為主子的晴明都是絕對服從。

『勾……』怪物突然瞇起眼睛說：『妳很挺那孩子呢！真難得。』

勾陣眨眨眼睛，單眼微瞇瞄著他。

『──你沒資格對我說這種話吧！』

『什麼意思？』

『沒什麼，開開玩笑，當我沒說。』

她對納悶的怪物揮揮手，強忍著不發出嘆息聲。現在責怪騰蛇，也改變不了事實。騰蛇真的是沒有自覺，這是莫可奈何的事，現在說那種話也於事無補。

她更深切感受到昌浩做這個選擇的痛苦。

再說下去也只是原地打轉而已，勾陣聳聳肩，結束了對話。

怪物似乎也沒放在心上，跟剛才一樣繼續遙望著東方。

東方──那個視線前方應該是平安京，晴明就在那裡。

勾陣知道，騰蛇是為了不接近太陰他們而刻意保持距離。他感覺到太陰的畏怯，所以主動閃避。他並不想讓對方產生恐懼感，這一點勾陣很清楚，只是周遭的人會不由自主地害怕騰蛇而已。

勾陣轉身準備離去，突然又停下了腳步。

她偏過頭，對著怪物的背影說：

『騰蛇……』

白色的背部抖動了一下。

『如果你不喜歡現在這個模樣，何不恢復原貌隱形呢？』

她並不是在責怪他，只是，在她感覺不是很久、但對人類來說是很久以前的那個時候，騰蛇也跟其他神將一樣是維持原貌隱形，只有在必要時現身。

怪物沉默了好一會，才冒出一句話來：

『……說得也是。』

受到衝擊而膝蓋無力站不起來的昌浩，被六合抱進了草庵裡，太陰和玄武嚴格命令他躺在床上。

他臉色蒼白、全身冰冷，眼睛也失去了光采。在這種狀態下，無論被說什麼都只能遵從。

他茫然望著天花板，不知道這樣過了多久。

當他回過神來時，四周已經漆黑一片，他的心卻還凍得僵硬。

大腦和心底深處都冰冷如霜，感覺出奇地敏銳，心臟撲通撲通跳著。

心跳的聲音吵得他閉上眼睛也無法入眠。

他不再勉強自己入睡，翻個身，彎起腿側躺，把外衣蓋到臉上。

他知道自己不該叫那個名字。

因為那是爺爺取的名字，是騰蛇非常、非常重要的東西。他心裡明白，現在已經不能再叫了。

但他還是無意識地叫了出來。因為每次當他被逼到絕境時，騰蛇總會伸出援手。

指尖愈來愈冷，全身血液往下流。

他覺得很不可思議。

他知道血液正在往下流，但是，流到哪去了？自己並沒有受傷出血啊！

他覺得自己的想法很好笑，壓低聲音笑了起來，真的很好笑。

突然，腦中閃過甜美的笑容。

『……』

他摸索不可能在胸口的東西，緊緊握住，想起最後擁抱的溫存，他咬住了嘴唇。

『……好想……』

好想見她。

好想見彰子。

真的好想。

天快黑了，室內有些昏暗。

主人昌浩不在的房間點著燈，彰子透過燈光偏頭看著狩衣。

『嗯，這樣應該可以了。』

她裡裡外外仔細檢查過後，稍微用力直、橫、斜向拉扯衣服。

很好，沒問題了。線沒有綻開來，裂縫也看不清楚了。

『呼！』

就在她覺得大功告成喘口氣時，背後有人叫她。

『喲！彰子。』

彰子整個人跳了起來。

『呀！』

嚇得心臟差點停止，慌忙轉過頭去，看到安倍晴明推開木拉門探頭進來。

彰子鬆了一口氣。

『晴明大人，您不要嚇我嘛！』

她眼珠上翻，帶點責備地抗議。老人眨眨眼睛笑了起來。

『哎呀哎呀！失禮了。』

老人愉悅地走進房間，站在彰子身旁，打過招呼後拿起她手上的衣服。

『喲……縫得很好呢！』

『哪裡，我還差得遠呢！』

彰子縮起肩膀望著天花板，皺眉說：

『我母親可以在一天之內，又快又精確地幫我父親縫三件衣服。露樹阿姨也縫得又仔細又漂亮。我也想縫得更好，可是還是差很多。』

彰子嘆口氣，嘟起嘴來。晴明在她旁邊坐下來，感到很有趣地笑著說：

『啊！女人都會這麼說呢！我的妻子也是，不過她的手不怎麼巧，所以縫一件衣服都很辛苦。』

彰子第一次聽晴明說這種事，訝異地張大了眼睛。

『是嗎？晴明大人的夫人就是若菜奶奶吧……』

『嗯。』

老人顯得很懷念，眼角泛起了笑意。

『她做什麼事都很拚命，靠努力來彌補她的笨拙，我常勸她不要太過勞累。』

一再告訴她，不要這麼求好心切，她都搖頭說不行。

她說那是她重要的丈夫要穿的衣服，她必須要做到任誰都覺得完美。

她被針刺了好幾下，辛苦縫製完成的衣服，都還躺在晴明房間的櫃子深處。

晴明把衣服還給彰子，環視房內一圈。

昌浩已經離開十多天了，房內卻一塵不染，因為有彰子每天打掃，準備好舒適的環境，隨時等他回來。

昌浩最快也要到陰曆五月才會回來，那時候剛好進入梅雨季節，他必須在雨中徒步回來。

當然也可以乘著太陰的『風流』趕回來，但是太早回來很難向陰陽寮解釋，也可能引起左大臣的懷疑。因為對外的說法是左大臣間接下令，由陰陽寮直接派昌浩去出雲。

其實，還有另一個宮內人都不知道的重要理由。

晴明從附近書堆中抽出一本來，看看封面，是自己以前抄寫的《山海經》。似乎從去年夏天拿來這裡後，就成了昌浩的私有物。

他聳聳肩苦笑起來，在他旁邊仔細摺著狩衣的彰子憂愁地說：

『晴明大人……』

『什麼事？』

彰子停下摺衣服的手，低聲喃喃說道：

『昌浩有安全到達出雲吧？』

『怎麼這麼問？』

她抬起頭來，端莊秀麗的臉龐充滿了不安。

『昨晚我做了夢，當然只是夢，就只是夢，但是……』

昌浩的臉色陰鬱，流露出悲傷的眼神，好像很想不開，拚命壓抑著什麼。

彰子被什麼阻擋著，既不能接近他，也無法出聲叫他。

她隔著衣服按住從脖子懸掛下來的香包，那是昌浩出發前交給她保管的東西。她多麼希望至少可以把這個東西交還給他。

香包有驅邪的力量，起碼可以保佑他在睡眠中不受惡夢干擾。

她還在想一件事，那就是小怪什麼時候回來？

會不會跟昌浩一起回來呢？它現在在哪裡呢？沒有人告訴她，所以她什麼都不知道。

她希望見到它神采奕奕的樣子，她也好想見到昌浩。

從去年陰曆十一月以來，他們天天見面，所以現在覺得很寂寞。

在安倍家，有現在正在她身旁的晴明，還有吉昌、露樹陪著她，偶爾也會見到十二神將。但是少了昌浩、少了小怪，還是覺得很寂寞。

為了鼓舞意氣消沉的彰子，晴明從附近的書堆中抽出一本咒語書。

『彰子，我教妳一句咒語吧！』

『咒語嗎？』

『嗯。』

晴明點點頭笑著說：

『消除不安的咒語。』

他不知道自己何時睡著了。

張開眼睛時，發現自己躺在一個空曠的地方。

他伸直手腳躺成一個大字，茫然望著天空，不管怎麼想，他都覺得這應該是夢。

跟草庵的天花板完全不一樣，湛藍的天空漫無止境地延伸著。如果再出現星星、月亮就更完美了，但是，似乎不可能配合到這種程度。

他使個勁撐起上半身，雙手垂放在攤開的雙腳中間，重重地嘆了口氣。

心好痛，沉甸甸的東西壓在那裡，壓得他連呼吸都困難。

騰蛇拋下的冷漠話語不斷在他耳朵深處繚繞回響。

——你算啥玩意？不准叫那個名字！

他心中早有覺悟，但是在那一瞬間，那分覺悟被打擊得支離破碎。

『……哈哈，連哭都哭不出來。』

當他這麼無力地喃喃自語時，有隻溫暖的手搭在他肩上。

他突然抬起頭來，隨著空氣的流動，鼻尖掠過令人懷念的甘甜香味。

他張大眼睛，蠕動的嘴巴說著不可能，但是沒發出聲音來。

在衣裙的窸窣摩擦聲後，傳來清脆的聲音。

『你還好吧？』

昌浩猛然低下了頭。

不行，不能讓她看到這張臉。雖然很想見她、很想見她，真的很想見她……

但是，就是不能讓她看到這麼狼狽不堪的臉。

儘管他曾經殷切期盼，就算是夢也好。

搭在他肩上的手放下來了，他才剛鬆口氣，又覺得背部有股重量壓過來。

與昌浩背靠背坐下來的彰子，抬起頭，望著空盪盪的藍天。

後腦勺有東西咚地撞上來，他悄悄移動視線。

看到比黑暗還要黑的烏亮黑髮。

莫名的激動湧上心頭，他努力控制呼吸強忍過去。雙手用力緊扣，屏住氣息不讓彰子感覺到他呼吸急促。

含笑的聲音從背後傳來。

『咒語真的有用呢！』

『咒語……？』

『是啊！晴明大人教我的咒語，可以在夢中見到想見的人。』

那個咒語可以見到現實中見不到的人。

緊靠著的背好溫暖，他哽咽得說不出話來，做了一個深呼吸。

『你是不是有什麼心事？還是不能告訴我嗎？』

『……』

昌浩緊緊抿著嘴，他怕現在開了口就會一發不可收拾。

等不到答案的彰子似乎放棄了，嘆口氣說：

『那就別說了……我只是希望能為你做些什麼。』

昌浩無言地搖搖頭，偏過頭往後看。

其實她能做的事很多，有很多事非她不可。

譬如，什麼都不說，靜靜陪在他身旁。

譬如，展現笑容，撫慰他冰冷凍結的心。

他很想見到她，真的、真的打從心底想見到她。

很想把埋藏在心底的這分情感全說出來，很想把真相全告訴她，告訴她自己的遭遇、發生了什麼事，還有自己在想什麼、做了什麼。

她聽完後會很生氣吧？也可能會哭。但是，他希望最後能得到她的諒解，這樣的想法會不會太自私了？

她站起來，壓在昌浩背上的重量與體溫消失了。

『我……等你回來。』

昌浩的肩膀顫動了一下。溫暖的雙手從背後伸過來，托住他的臉頰。

彰子把額頭靠在他頭上，閉上眼睛說：

『我只希望你平安無事，不要有任何煩惱，也不要受傷……還有，希望你不要忘了我。』

希望你不要忘了我。

昌浩無言地點點頭。

我不會忘，而且，既忘不了也不想忘。

他把手疊放在托著自己臉頰的手上，終於開口說：

『我會回去……』

他只能勉強擠出這麼一句話。儘管激動的情感就快迸裂、心情悲痛欲絕，他能說的也只有這些。

白皙的手指輕輕從他臉上滑落，消失了蹤影。

他感覺到氣息逐漸遠去，又喃喃說了一次：

『我一定會回去……』

天還沒亮。

彰子張開眼睛，連眨了好幾下。

『……』

她從外衣伸出雙手，高舉到眼前。朦朧中看到發白的手指，她不禁握起了手。

昌浩的臉頰好冷，像在強忍著什麼心事的背令她心痛，她好想擁抱他。

即使是夢，或許她也該那麼做。

於是，她嘆了口氣。

那只是夢，只是夢啊！

但是，小怪還是不在昌浩身旁。

『——！』

昌浩張開眼睛，周遭飄蕩著黎明將近的氣息。

而且，剎那間還聞到伽羅香味。

猛然爬起來，香味就不見了。

他表情扭曲地垂下頭，原本異常冰冷的指尖好像恢復了血氣。

凌亂的前髮輕飄搖曳，耳邊有風拂過，他緩緩抬起頭來，看到板窗微微敞開著。

他站起來，往窗外窺視。

『哎呀！怎麼不多睡一會？』

背靠著門坐在外廊上的勾陣，瞇起眼睛將視線移到他身上。

他也走到外廊，隨手拉上門，在勾陣旁邊坐下來。

『怎麼了？』

被沉著的聲音這麼一問，昌浩抬起了頭。在黑暗中，也可以看到勾陣黑曜石般的眼

晴散發著溫柔的光芒。

『我一直想問妳一件事。』

『嗯？』

她偏著頭催促昌浩說下去。

『那個我不認識的騰蛇、大家忌諱的騰蛇……為什麼差那麼多？』

昌浩認識的騰蛇是紅蓮。

紅蓮的眼神不會那麼冰冷，說話不會那麼刻薄，態度也不會那麼冷酷。

或者，只是昌浩不知道而已？

所以太陰才那麼怕騰蛇？所以青龍才表現出那麼強烈的敵意？

勾陣動動盤坐的腳尖，若有所思地偏著頭，瞇起眼睛在記憶中搜索。

『我是……』

她平靜地起了個頭，淡淡笑著說：

『在某個時候發現，騰蛇是個值得信賴的傢伙。在那之前，我只覺得他力量強大、比青龍頑固、比六合孤僻、比天后難纏，而實際上也是這樣。』

勾陣察覺屋頂上有動靜，稍微瞄了一眼，但顯然不是很在意。昌浩沒有察覺，默默等著勾陣說下去。

『後來騰蛇變了，要不然，就算他變成異形的模樣，封住神氣，太陰也不敢接近他。』

風瞬間增強，很快又靜止了。勾陣的頭髮隨風飄蕩，昌浩的頭髮也散亂搖曳。

『成為晴明手下的式神後，基本上騰蛇的性情還是沒變。在晴明面前多少是緩和了一些，但是本性還是一樣。在異界總是一個人獨處，大家也都習慣那樣的他了。』

儘管是擁有熾熱火焰的鬥將，他的心卻凍結得比萬年雪還要僵硬，不對任何人敞開胸懷，拒絕所有一切。

十二神將自出生以來，已經在這個世界活過漫長歲月，勾陣說的這些應該都是事實。

勾陣把手肘靠在盤坐的腳上，雙手托著臉頰，直視著昌浩的眼睛，彷彿想看透他眼底深處的東西。

『昌浩，你說你不認識那樣的騰蛇，你當然不認識。』

她淡淡地笑了起來。

『因為騰蛇變了……不是晴明替他取的名字改變了他，而是十三年前一個嬰兒的誕生改變了他。』

『十三年前？』

勾陣點點頭說沒錯，放下托著臉頰的手，指向昌浩。

『就是你改變了他，昌浩。』

屋頂上又有了動靜，悄悄地、小心翼翼地謹防被發現。但是，也許瞞得過昌浩，卻完全瞞不過勾陣。

昌浩看著勾陣摻雜苦笑的眼眸，重複著那句話：

『十……三年……』

那個誕生的嬰兒是自己。自己到底做了什麼？為什麼那個給人冷酷印象的騰蛇，會變成昌浩所知道的紅蓮呢？理由不得而知。

但是……

昌浩的視線往下移，停留在腳上。

那個聲音總是在耳朵深處迴響著。

——加油，不要氣餒，晴明的孫子！

不要叫我孫子！他好幾次這樣大叫頂回去，還反譏對方是怪物『小怪』，那隻白色怪物就會氣呼呼地反擊說不要叫我小怪！

他做了夢——小怪離他遠去的夢，不管他怎麼呼喚，小怪都不回頭。

醒來時，他用力抱住旁邊的白色身軀，直到不再顫抖為止。

心好痛。

『……那麼……再過十三年……』

昌浩壓抑聲音的顫抖，喃喃說著。

如果再經過相同的歲月，小怪——騰蛇會再呼喚他的名字嗎？

會再面對他，與他視線交會，注視著他嗎？

如果他這麼期盼，是不是有一天會實現呢？

再怎麼難以忍受地低下頭來，昌浩也絕不讓淚水流下來。因為他的本能告訴他，如果不這麼做，已經撐到極限的最後一條防線就會斷裂。

他不准自己現在就倒下，這是自己選擇的路，自己種下的果。

勾陣摸摸昌浩低垂的頭。

這樣的動作讓他想起再也不會回來的溫柔神將，難過得不能自己。

6

昨天去田裡工作的兒子沒有回家。

臉色發白這麼說的老婆婆，央求大家幫她找兒子。

大家都爽快地答應了，利用耕種的空檔時間搜尋，但是，連個影子都找不到。

我相公早上出門就沒回來了。

我哥哥入山已經兩天了，也沒回來……

下落不明的人一天天增加，當陰曆二月快結束時，已經超過十五人失蹤。

除此之外，還出現神智不清、性格大變的人。

這些人忘了至今一起生活的家人，引發爭吵，就搬出去自己住了。

這個區域是當代大貴族藤原左大臣名下的莊園②，管理莊園的莊官野代重賴見事態嚴重，趕緊通報領主。

那是陰曆二月下旬的事，領主還沒有下達任何指示。

京城離這裡很遠。會不會認為是鄉下地方的人小題大做，其實不是什麼大事？

但是再這樣下去，恐怕會有更多的人發瘋或失蹤。

那些行蹤不明的人，會不會是有什麼隱情躲起來了呢？

有人這麼說。然而，幾天後漂浮在海灣上的幾具屍體，粉碎了那樣的臆測。

屍體腳上有被什麼纏過的痕跡，把屍體打撈上來的人，都被掙扎、扭曲、痛苦而死的臉嚇得心驚膽戰。

男人們為了把漂到灣邊的屍體撈上岸來，強忍著噁心、恐怖的感覺，一隻腳踩進了海灣。

就在這時候，響起啪沙水聲。是魚跳出了水面嗎？

起初沒有人在意，但是，沒多久就有人發出了驚駭的慘叫聲。

『救、救命啊！有東西纏住我的腳……！』

男人和屍體一起被拖進了水裡。拚命想掙脫逃走的男人背後飛沫四濺，躍出一隻四腳妖獸，張開血盆大口把男人的頭吞了進去！

一群人全都看呆了。

平靜的水面掀起大波，好幾個黑色東西在水底下搖晃。

在水的更深處有一個比妖獸更龐大的軀體，有雙眼睛閃爍著銳利的光芒。

『唔……哇啊啊啊！』

其中某人的慘叫聲成為導火線，破除了僵硬的咒縛，所有人都連滾帶爬逃離海面。

妖獸躍出水面，濺起水花。

『……把他們帶來……』

吼叫聲震盪海面，五隻妖獸跳出水面追逐這些人。

＊　＊　＊

響起板門關上的聲音。

勾陣催促昌浩多休息一下，所以昌浩回到了草庵裡。

屏聲息氣的太陰和玄武同時大嘆了一口氣。

他們無意偷聽，結果還是全聽見了。

生起氣來的勾陣是沒有騰蛇那麼嚴重，但是也很可怕。只是她知所進退，不會因小事情爆發。跟從不掩飾情感顯得心浮氣躁的青龍比起來，勾陣冷靜多了……不過，有時候認真起來也非常恐怖。

東方天際開始泛白，應該快天亮了。

一屁股坐在屋頂上的太陰，焦慮地揪著頭髮。

『怎麼了？』

太陰瞪著疑惑的玄武，突然站起來說：

『哎呀！再這樣下去，昌浩會瘋掉啊！』

他拚命在忍耐、在承受，用盡全力奮戰，試圖消除矛盾的感情漩渦。看得出來，他睡得很淺，連一點聲音都會醒來。吃飯時，看似吃得津津有味，其實是勉強吞下去。

因為他不得不這麼做。

『我們一點都幫不上忙……』

自己沒有那樣的能耐，玄武也是；六合可以輔助他，但也不能緩和他的痛苦，勾陣也一樣。

恐怕連晴明、彰子在場，昌浩也不會吐露真心話。他心中的內疚感把他漸漸逼入了絕境。

『我怕騰蛇，這是無可奈何的事，不是討厭他，就是怕他。』

她似乎漸漸搞不清楚自己要說什麼了。

玄武置身事外，冷靜地分析太陰的話，不解地皺起了眉頭。其實他自己也一樣，不

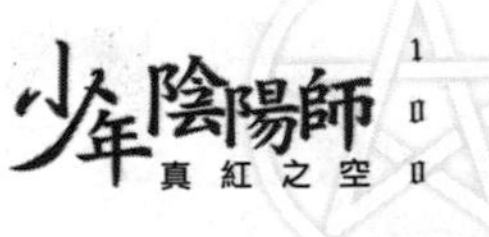

知道該說什麼才好。

風被她激動的情緒牽動，捲起了漩渦。她的頭髮迎風飛舞，玄武也忍不住閉起了眼睛。

『可是、可是，我不能什麼都不做，就看著昌浩那樣給毀了！』

『這我也同意。』

看不見鬼神，最痛苦的人應該是昌浩，他卻歉疚地對大家說：

『對不起，可不可以儘可能增強神氣讓我看得見你們？』

他這麼說，不是讓他們更難過得想哭嗎?!

『什麼最強的十二神將嘛！什麼現在最頂尖的陰陽師嘛！這種時候什麼忙也幫不上，太沒用了！』

太陰一邊哭一邊大喊著，突然，她像清醒過來似的張大了眼睛。

風猝然靜止，終於恢復了平靜，周遭沙沙作響的樹木這才安下心來。

『……對了……有陰陽師啊……』

『太陰？』

太陰沒有回答疑惑的玄武，突然仰望天空。

比昨天更厚更低垂的雲，眼看著就要下起雨來了。

『我馬上回來！』

太陰說著，很快捲起了龍捲風。玄武受不了突如其來的風壓，失去平衡從屋頂滾落下來。

在墜地前恢復直立姿態的他，勉強安全著地後，不由得橫眉豎目抬頭瞪著天空。

但是，已經太遲了，太陰的身影早就跟龍捲風一起消失了。

『這……這傢伙！我該怎麼做呢……?!』

怒氣沒地方發洩的玄武，氣沖沖地環視周遭一圈，可是，總不能為了洩憤而把樹木全砍倒，他只能發出又深又重的長嘆聲。

十二神將誕生後，究竟度過了多長的歲月，他已經不記得正確數字了。在這漫長的歲月中，他總是被太陰耍得團團轉。

回京城後，他要告訴唯一可以告誡她的白虎，勸她多少反省一下。

快中午時，昌浩茫然望著雲層密佈的天空。

沒什麼風，群山處處可見春天將近的腳步。黎明時突然颳起一陣強風，那是什麼風呢？

頭痛欲裂，疲勞與心痛折磨得他身心交瘁。

昌浩閉起眼睛，任憑思緒馳騁。能在夢中相會，已經讓他多少舒坦了一些。

他把手貼著胸口，做了好幾次深呼吸。不這麼做，狂奔的心臟就不會有片刻休息。

為了讓空氣流通，他打開草庵大門，正好看到怪物。

可能是正要經過山茶樹前，面向大門停下了腳步。

昌浩與怪物視線交會，紅色的眼眸不見一絲情感，很快帶著兇光撇開了。

他的身體逐漸變得僵硬，心底深處嘎吱作響。

他記得那雙眼睛，在夢中見過好幾回。那是他拚命呼喚，不斷拍打看不見的牆壁，直到手掌裂開流血，小怪才終於回過頭來時的眼神。

不帶任何感情的紅色眼眸——

怪物的身影消失在山茶樹下。他覺得五臟六腑糾結絞痛，拭去額頭上直冒的冷汗，甩甩頭，試圖嚥下苦澀的感覺，轉換心情。

就在這時候，一陣強風呼嘯而過，掃落滿樹的山茶花，把迸散的花瓣吹進了草庵裡。外衣和草蓆都被掀起，昌浩趕緊抓住門穩住身子。

『怎麼回事？』

他茫然地喃喃自語，正好跟淒慘的叫聲重疊。

『唔哇啊啊啊！』

緊接著響起墜落聲，好像有什麼重物掉落在草庵正前方的空地上。

圍住坑爐以避開強風衝擊的玄武抬起頭來，勾陣和六合也站了起來。

昌浩不敢相信自己的耳朵，發出驚嘆聲：

『……咦……？』

他跌跌撞撞地跳下地面，從草庵外圍穿越山茶樹，停下腳步。

一個年輕人癱坐在草地上，手按著受到重擊的後腦勺，表情痛苦扭曲。

『好痛……爺爺的式神為什麼這麼……』

嘀嘀咕咕抱怨的年輕人看到昌浩，眨了眨眼睛，站起來拍掉褲子上的沙土，語氣溫和地看著昌浩說：

『怎麼了？小弟，你的臉色很蒼白呢！有這麼驚訝嗎？』

安倍成親綻放笑容，揮手叫昌浩過來。用強風把成親帶來這裡的太陰，騰空叉開雙腿說：

『這種時候你要主動走過去，不是叫他過來嘛！』

『哦，是嗎？對我來說，這是十多天不見的感人重逢，我還期盼這個小么弟會欣喜若狂地衝向我呢！』

成親瀟灑風趣地說完後，正經八百地看著昌浩，擺出哥哥的樣子說：

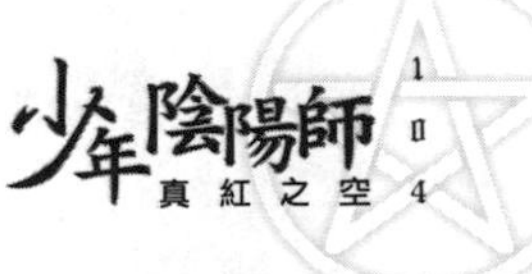

『昌浩，你怎麼了？』

昌浩原本緊握的雙手緩緩鬆開來了。

張大眼睛看著成親的他，眼眸突然搖曳起來，壓抑至今的淚水奪眶而出。

『哥……哥……！』

昌浩一直杵在原地不動，成親只好自己走向小弟，抓抓他的頭，擁抱他。

『傻瓜……很辛苦吧？』

成親拍拍昌浩的背，把他緊繃到極限的神經都拍斷了。

他緊抓著大哥的衣服嚎啕大哭。成親邊拍著他的背，邊看著還浮在半空中的太陰。

就在前一刻，突然從半空中傳來高亢的大吼大叫聲，攔住了正獨自前往出雲意宇郡的成親。

『找到了——！』

抬頭看怎麼回事的成親，視線正好與憤慨的神將太陰交會，嚇得他差點就想右轉逃跑，但他還是勉強挺住，問她什麼事？太陰直接就抓起他的衣領，把他拋上了半空中。

然後他就被捲入了龍捲風裡，轉得他頭暈又想吐，狼狽得要命。

但是一見到昌浩，了解太陰十萬火急的原因，他就原諒了太陰。

他不知道發生了什麼事，只知道十四歲的弟弟正面臨危機。

太陰翩然降落地面，玄武生氣地逼近她說：

『太陰，妳黎明時匆匆離去，就是為了這件事？』

『是啊！』

『那剛才那陣強風是幹嘛？差點吹得灰燼漫天飛揚，引發大火災。』

那是帶著火種的灰燼，如果在草庵裡飛散開來，後果不堪設想。

『如果那樣，你把火撲滅不就行了？你是水將啊！』

『不是那種問題！』

太陰被玄武嚴厲指責，沮喪地垂下了頭。

『因為……』

『怎樣？』

看到氣得交叉雙臂的玄武，太陰縮起了肩膀說：

『因為……騰蛇在屋頂，我跟他突然四目交會……』

從頭到尾在一旁觀看的勾陣和六合有點目瞪口呆，原來太陰是因為那樣才無意識地颳起了強風。

太陰和騰蛇彼此都沒有惡意，只能說是突發狀況。

『唔……』

玄武一時也說不出話來。太陰低著頭說：

『對不起，下次我會更小心。』

『最好是這樣……』

比太陰高一個頭的玄武點了點頭，勾陣拍拍他們兩人的背，這起意外就這樣了結了。

六合看著在草庵外緊緊抱住成親的昌浩。

圍繞著昌浩周遭那令人心疼的空氣，融化消失了。

居眾神之末的十二神將雖然也是神，但並非萬能。當然，再怎麼至高無上的神都不可能萬能，但是所謂的十二神將也未免太無力了。

『——』

懷著複雜心情的六合嘆了口氣。

怪物看到突然出現的年輕人，在記憶裡搜索著。

它記得那張臉。沒錯，那是晴明的次子的兒子，名叫成親。

但是很奇怪……

個子比它記憶中高。成親才剛行過元服禮，應該還是個孩子，眼前的成親卻已經是個像大人的年輕人。

起碼超過二十五歲了。

怪物皺起眉頭，在嘴裡嘟噥著：

『這是怎麼回事……？』

突然下起來的雨，過中午後愈下愈大。

『嗯，還好沒淋到雨。如果我繼續那樣大步前進，現在大概被淋成落湯雞了。』

聽到成親這麼說，太陰得意地挺胸說：

『就是嘛！你要感謝我。』

『可是把我整得狼狽得要命也是事實。我的烏紗帽差點飛了，背上的行李不見了，收在懷裡的念珠掉了，還有大臣親自交給我的旅費也沒了。』

『唔……！』

被戳到痛處的太陰無言以對，站在她背後的六合難得插嘴說：

『太陰，快去找。』

『知道了……』

太陰垂頭喪氣地走向門口，途中抓住玄武的手，不管三七二十一硬把他一起帶走。勾陣和六合都沒對這件事表示意見。

看著他們這樣一來一往，紅著眼眶的昌浩露出了微笑。

神將們都去了聖域，知道發生過什麼事，所以都煞費苦心配合昌浩的覺悟與決定。為了不讓他們擔心，昌浩反而更壓抑自己，告訴自己現在這樣是必然的結果，心痛純粹是報應。

這樣的內疚感，在見到哥哥的那一瞬間崩潰了。

年紀跟他相差很多的成親，並不常陪在他身旁。光就時間來看，一起度過的日子非常短，但是成親在結婚離家後，依然是二弟昌親和小弟昌浩值得依賴的哥哥，即使不住在一起，他還是很關心弟弟們，是個很熱情的人。

他的心胸寬大，不管發生什麼事都能照單全收，融化了昌浩的心。而且像極了有事發生時，紅蓮對昌浩的態度。

成親向勾陣和六合使了個眼色。由氣息可以感覺到，兩人會意後很快便隱形離開了。

成親嚴肅地看著昌浩說：

『昌浩……你的「眼睛」怎麼了？』

成親問得很直接，昌浩一時答不出話來。成親又繼續說：

『我不必特別費力就看得到十二神將，在平常這是不可能的事。為什麼我完全沒有集中精神卻看得到？因為神將們刻意加強了神氣。』

被成親一語道破，昌浩不知道該怎麼回答。

年紀大了昌浩一輪以上的大哥，神情凝重地交抱雙臂說：

『不是我高估你，我知道以你的程度，即使十二神將隱形，你也感覺得到、看得到，所以爺爺才會決定由你當接班人。』

昌浩低頭看著地面，肩膀沮喪地下垂。

成親看著這樣的他，苦笑著說：『好像我在欺負你呢！真怕被騰蛇一拳打昏。』

這句話是為了緩和現場氣氛，卻產生了反效果，昌浩的肩膀顫抖起來。

成親訝異地瞇起了眼睛，這才發現不見騰蛇蹤影。自從昌浩行元服禮後，騰蛇總是以白色異形的模樣陪在弟弟身旁。他慌忙觀察周遭的狀況，移動視線，看到屋樑上的白色身體。

當視線與紅色雙眸交會時，成親覺得全身血液唰地往下竄。

怪物咕嘟抖動喉嚨，突然翻個身，徹底隱形了。成親不由得嘆口氣，大約猜出了狀況。

昌浩是憔悴得令人心疼，怪物則是跟正月見到時的感覺完全不一樣。

成親繼續嚴肅地詢問昌浩：

『昌浩，老實告訴我，你到底來這裡做什麼？』

陰曆二月底，在陰陽寮的指示下，安倍成親和安倍昌浩被派遣到出雲國的意宇郡。人選是由陰陽寮長決定，但是也充分反映出藏人所陰陽師安倍晴明的意向。

成親臉色沉重地說：

『父親說你有重要任務，所以要我假裝跟你同行，讓你個別行動，但是父親也不知道實際內情，聽說是爺爺的指示。』

成親不知道爺爺在想什麼，但是他相信不會有錯，就答應了。一個人前往出雲是有點寂寞，但這也是沒辦法的事。

就這樣，他獨自前往出雲。如果沒遇上太陰，恐怕要再五天才會到。而多這五天，昌浩的情況說不定已經沒救了。

昌浩好幾次張開嘴，卻欲言又止。究竟發生過什麼事？若要說清楚，就要追溯到去年冬天。

『就是……』

昌浩終於開始敘述。成親聽著聽著，臉色愈來愈沉重。內容與神話連結，氣勢壯

闊，但是看著昌浩痛苦的表情，就知道那不是謊言或編出來的故事。

『……所以……來到這裡……』

『哦，原來如此。』

哥哥的聲音像在低喃。昌浩偷偷觀察他的表情——他的眼睛往上吊看著自己，有些蒼白的臉緊繃著。不能怪他，這種事的確是令人十分震驚。

『你是說騰蛇……』

這不是詢問，而是確認。昌浩默默點點頭，垂下眼睛，縮著身子，顯得很緊張。成親沉默了一會，語氣凝重地說：

『傻瓜……』

就這麼短短一句話，昌浩卻覺得像是挨了一拳。

『以後不要再做這種事了。』

『對不起……』

昌浩顫抖的聲音嘶啞，成親抓抓他低垂的頭，深深嘆口氣說：

『差點被你嚇死。』

『嗯。』

『不只你一個人有想保護的人啊！』

『……嗯。』

在河岸遇到的那個溫柔的人，也說了同樣涵義的話。

哥哥用手撫摸著昌浩的頭，昌浩瞇起眼睛享受那種感覺。他知道自己現在能待在這裡，絕不是靠自己的力量。

『我在河岸……』

『嗯？』

『遇見了奶奶……』

成親先是瞪大了眼睛，然後溫和地笑了起來說：這樣啊！

太陰和玄武被風裹著，在傾盆大雨中前進。

太陰是在勃耆國與出雲國的國境找到了成親，為了避免翻山越嶺，成親是先走到日本海海岸再前往出雲。

『翻山越嶺的確很累，成親真是深思熟慮呢！』

玄武佩服地點點頭。他的周遭圍繞著遮雨的風罩，太陰也是。

她微微騰空，操縱著風，搜尋成親掉落的行李。地面上的玄武也不是沒事做，他負責追尋混雜在雨中的成親的氣息。

玄武動動眉，揮一下高舉的手，就把念珠包在水塊中拉到手上了。

『太好了，就剩成親的錢包了。』

錢包也很快就被太陰找到了。因為掉落的範圍不小，花了不少時間，幸虧都順利找回來了。

兩人鬆了口氣。

『還好，錢包跟念珠沒有散滿地，不然就慘了。』

太陰拍拍胸說。玄武告誡她：

『希望妳學會教訓，以後小心點。』

『知道啦！』

她皺起眉頭，確定玄武抱緊了那些行李後，彈指作聲，強風便包住了兩人，動作還是一樣粗魯。

玄武感覺到身體被用力拋上了天空，死了心地喃喃說著：

『起碼努力一下嘛……』

這樣的小建議被風雨淹沒，沒有傳到太陰耳裡。在天空飛翔時，她很快瞥過地面一眼。

『差不多到插秧時期了。雖然發生了智鋪神社的騷動，人們還是得工作才能活下去，而且事件應該也稍微平息了。』

乘風飛翔的兩人，眼下是一大片的田地。因為下雨，看起來是有些迷濛，但是並沒有荒廢得太嚴重。

『對了……』玄武像想起什麼似的轉移視線，望向了山代鄉。『聽說除了智鋪神社外，山代鄉也發生了不尋常的事，太陰，那件事怎麼樣了？』

『咦？不知道呢！對哦，差點忘了……』太陰把手指按在嘴唇上思考了一會，偏著頭低聲說：『既然都來了，就去看看情況吧？』

『嗯，很有建設性。』

就在玄武認真地點起頭來時，風猛然加速了。

小怪的陰陽講座

②日本從平安時代到室町時代，將屬於貴族、寺廟與神社的私有土地稱為『莊園』。

7

兩個披著蓑衣的小孩站在老舊的小屋旁。

『哥哥，我們走吧！』

幼小的弟弟拉拉哥哥的衣服下襬，但是，哥哥呆在原地動也不動。

他正看著孤獨佇立在雨中的小屋，他們的母親就在那裡面。

母親說不認識他們這兩個孩子。

視線突然變得模糊。他趕緊擦擦眼角，弟弟看到自己哭了會擔心。

『走吧！哥哥……』

面對表情扭曲就快哭出來的弟弟，他努力擠出笑容說：

『嗯，該走了，要在爸爸回家之前先把飯做好。』

不經意間看到弟弟身上的衣服有個大破洞，他伸手去摸，弟弟不好意思地抓著頭說：

『我玩的時候不小心卡到樹枝……媽媽說會幫我縫起來……』

說到這裡終於哭了出來，整張臉扭成一團，淚水沿著被雨淋濕的臉頰流下來。

他抱著弟弟的頭，兩人一起拖著沉重的腳步離開。

像這樣被父母或兄弟姊妹遺忘的人，一天天增加。而那些遺忘家人的人，都是因為某些原因落單，後來倒在路旁被發現。

醒來後，把親人都忘了，記憶回到過去。

但是有人說只要還活著，變成那樣也沒關係，因為有些人突然消失後，不是浮屍海灣，就是再也沒有回來了。

他緊緊握住拳頭，握得雙手發白。

都怪那座小廟！

地方上的長老說，那座小廟封鎖著可怕的東西。那是很久很久以前乘風而來的妖怪，橫行霸道、胡作非為，最後被白色的神封入小廟裡。出雲這裡有很多神，所以應該是有神不忍心看到人類這樣的慘狀，伸出了援手。

但是，他想既然是神，為什麼當時不把妖怪消滅？如果當時神把妖怪消滅，小廟就不會遭到破壞，母親也不會變成這樣，附近那些孩子也不會瘋掉了。

他再也不相信神了。

如果真的有神，為什麼現在還不來救大家？

＊　＊　＊

將近傍晚時開始下起小雨。

聽說山陰地方大多是陰天或雨天，回想起來，自從昌浩來到這裡，的確還沒有遇過晴天。

天氣真的很冷，昌浩和成親在坑爐取暖。火架上有個老舊的鍋子，裡面是前幾天太陰帶回來的山豬和野菜的湯汁，正冒著蒸氣。

成親放下空碗和筷子，雙手合十，感嘆地說：

『你吃得不錯呢！我這幾天都是吃乾糧。』

為了怕鍋底焦掉，他邊攪動鍋子，邊仔細觀察草庵內。

『舊歸舊，但是有火架跟鍋子，牆壁和屋頂也都沒有破洞，應該是有住附近的人定期來打掃，要感謝這個不知名的人，離開時得打掃乾淨才行。』

成親感覺到昌浩帶著詢問的視線，蓋上鍋蓋又說：

『爺爺沒有告訴你嗎？我會來這裡是因為他叫我去山代鄉，他說那個來歷不明的新

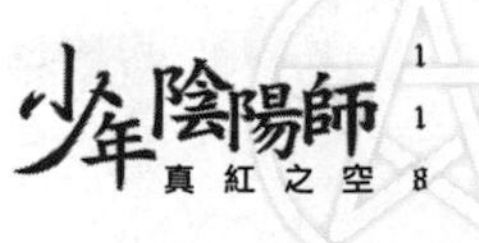

興宗教才是你的任務。』

『山代鄉……』

昌浩重複說了一次。成親在衣襟裡摸索，掏出一張紙來。

『幸虧地圖還在身上。你看，就是這裡，西邊海灣沿岸。』

被坑爐照亮的紙上畫著出雲的地圖。昌浩他們所在的地方靠近東邊海灣，徒步到西邊海灣大約要兩、三天，以神將的腳程可能不到兩個時辰，乘太陰的『風流』就更快了，應該不用半個時辰，不過儘可能不想用最後這個方法。

『那裡不斷發生人們精神異常、下落不明的事件，因為是隸屬於左大臣大人的莊園，所以爺爺要我住在莊官家查清楚真相，解決這件事。』

說完後，成親的臉霎時失去血色。

『糟了……』

『哥哥？』

成親猛眨眼睛，懊惱地對疑惑的昌浩說：

『左大臣大人交給我的信放在掉了的行李中……』

『咦?!』

這回換昌浩跳起來了。

『那、那不是很糟、糟透了嗎？哥……』

看著慌張的昌浩，成親突然變得滿不在乎，面向他說：

『我想應該是吧！昌浩。』

這個安倍吉昌的長子嘴角還浮起了淡淡的笑容，開朗地斷言：

『你說得沒錯，是糟透了。』

『……』

昌浩目瞪口呆說不出話來。

成親還抱雙臂，嘴裡唸唸有詞，好像在思考該怎麼處理這件事，還不時冒出既然這樣不如考慮逃走之類的危險台詞。

看到哥哥這樣，昌浩不禁感嘆這個人肯定是爺爺的孫子，卻忘了自己也差不了多少。最不像的是二哥昌親，但是他的行事風格也夠大膽，所以也是安倍晴明如假包換的孫子。

『不好了！』

響起強風衝撞牆壁的聲音，草庵震動，板門咒罵似的嘎噠嘎噠作響，太陰完全顧不得這些，以飛快的速度衝了進來。

成親看到太陰和後面的玄武，迅速站了起來。太陰驚慌地對著朝他們走來的成親

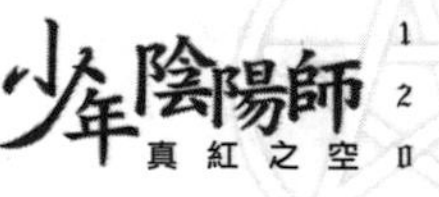

說：『成親，山代鄉……喂，聽我說話啊！』

她瞇起眼瞪著直接從自己身旁走過去的成親，被瞪的成親卻毫無反應，接過玄武手中的行李，立刻窸窸窣窣地翻找起來。

玄武仔細觀察他的動作，偏著頭問：

『有沒有掉了什麼？』

『嗯……全都在，太好了、太好了，我可以完成任務了。』

成親爽朗地笑了起來，太陰戳戳他的背，讓他把注意力轉移到自己身上。

『很痛耶！』

『你聽我說啊！山代鄉發生大事啦！』

『我知道。』

成親簡單扼要地回應，從行李最底下拿出油紙包裹。行李被淋得全濕掉了，但是只要這東西沒被淋濕就沒問題了，符咒之類的東西還可以重做。

把行李重新整理好後，成親看著小弟說：

『情況好像很危急，我不能再悠哉地待在這裡了。你呢？你還要留在這裡療養嗎？』

昌浩睜大眼睛說不出話來。

哥哥的意思是：如果你還沒痊癒，我就自己去解決這件事。

『沒、沒關係，我的身體沒事了！』

昌浩撐起精神，肯定地回答。最嚴重的是心靈創傷，因為心堵塞了，睡眠很淺，吃什麼東西都像嚼沙子一樣食不知味。

成親看著昌浩恢復光采的眼睛，用力點點頭說：

『是嗎？那麼，馬上出發去山代鄉。』

年幼的兄弟住在山代鄉一角的村子裡，他們腳步凌亂地走向自己的家。

他們家靠近海灣，是棟小小的茅屋，只有一個泥土砌成的房間，冬天真的很冷，但是一家人過得很幸福。

稍微走幾步就到海灣，看得到漂浮在海面上的蚊島③。夏天可以在海灣玩水，有時抓魚或蛤蜊回家，媽媽就很開心。

雨逐漸變小，似乎就快停了。

少年停下腳步，身旁的弟弟疑惑地轉身看著他。落在蓑衣上的雨已經變小許多，水滴在腳下彈跳著。

『哥哥？』

看著海面的哥哥似乎下定了什麼決心，面向弟弟說：

『彌助，你先回家。』

『咦，為什麼？一起回去嘛！』

『哥哥有事要做，你自己先回家，不然我們兩個都不在家，爸爸會擔心。』

『不要嘛！』

經過一番爭執，弟弟彌助披著蓑衣不情願地一個人走回家了。少年目送弟弟的背影離去後，在雨中衝向了海灣。

『哥哥不會有事吧？』

避雨的蓑衣被自己披著帶回來了，他想起媽媽經常擔心他們淋濕了會感冒，很想折回去找哥哥，可是又怕被哥哥罵，想來想去還是算了。

他們家在村子最後面，最前面有棟很大的房子，媽媽有時候會去那裡工作。媽媽很會縫衣服，做的飯也很好吃。而且很溫柔，總是帶著笑容。跟彌助同年的女孩佳代也一樣，不像現在這種假人的模樣，她原本很活潑，常常跟他一起到處玩。

想著想著，又忍不住哭了。

披著蓑衣的彌助擦擦眼睛。

突然颳起一陣強風，差點把蓑衣吹走，彌助慌忙伸手壓住，就在這時兩個身影飛進

了視線中。

『唔哇！』

『又來了！』

掉進水窪裡的東西高高濺起水花，發出慘叫聲。

彌助呆呆站著。

『咦……』

又被太陰的風流吹來的成親和昌浩，因為風向突然改變，著地時身體失去平衡，栽進了水窪裡。

神將就不會那樣，四平八穩地著地，只有嬌小的玄武踉蹌了一下。

神將們看到他們兩人滿身是泥，驚訝地瞪著太陰，太陰只能滿臉委屈地承受那樣的眼光。

『我、我……』

坐在勾陣肩上的騰蛇眼神銳利地瞪著她，因此她沉默了下來。

騰蛇還是維持怪物的模樣，卻顯得很不情願。勾陣心想：既然這樣就恢復原狀嘛！可是騰蛇本人不這麼做，她也不好說什麼。

從勾陣肩上翩然躍下的騰蛇，滿臉不屑地甩了甩尾巴。他其實都有放在心上，知道自己待在旁邊會攪亂太陰的感覺，導致空氣對感情的波動產生反應而變得異常狂暴。他不想被捲入那樣的麻煩，所以像這樣移動時，都會躲在勾陣或六合背後，小心不被太陰看到。平時盡量避免跟太陰四目交會，也是這個原因。

成親和昌浩沒有被雨淋濕，卻還是掉進水窪成了落湯雞，而且滿身泥巴。帶來的換洗衣物也都泡在水裡了，不知如何是好。

兩人發起愣來，但是總不能這樣愣下去，於是站起來，擰了一下衣服下襬，擠出濁黃色的水來。

『哎呀哎呀……嗯？』

邊重新戴好歪斜的烏紗帽邊哀嘆的成親，突然看到掉在地上的蓑衣和嚇呆的孩子。呆呆看著兩個人的彌助，視線和大的那個交會，想要大叫，卻叫不出聲來。大的那個走向他，他才放聲尖叫。

『對不起，嚇到你了，京城現在流行這樣出現。』

彌助正準備逃走，但是有個絕不能錯過的詞拉住了他。

『咦……京城……？』

『是啊是啊，我們是從京城來的，你知道野代大人住在哪裡嗎？』

年輕人滿身雨水和泥巴，從天而降，但是帶著讓人解除疑心的誠實笑容。

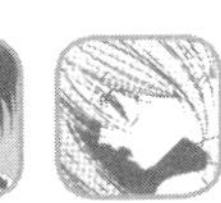

『嗯，我知道。』

成親又笑咪咪地對戰戰兢兢點著頭的孩子說：

『這樣啊……那麼，能不能麻煩你帶我們去？不過天快黑了，拜託你爸爸或媽媽也可以……』

看到成親跟小孩之間的對話，昌浩他們對成親純熟的手腕讚嘆不已，心想不愧是三個孩子的爸爸。

『太厲害了，好佩服。』

太陰應該是真的這麼想，聽不出恭維意味。她身旁的玄武也用力點著頭，表示完全贊同。

跟成親一樣滿身泥巴的昌浩從水窪爬起來，嘆了口氣。他身上穿的是離開京城時那件黑色狩衣，但是，恐怕不洗也不行了。

視線突然與怪物交會，怪物毫不關心地撇開了目光，但昌浩還是盯著它看。

為什麼騰蛇還保持這樣的外貌呢？那應該不是他的本意，就算他以為那是晴明的命令，也沒有絕對的約束力。

如果問騰蛇為什麼，他會回答嗎？

正要開口詢問的昌浩，感覺到跟雨水不同的水氣，眨了眨眼睛。

這附近海灣的海水由淡水與潮水混合而成，是魚貝類的寶庫。

風從那裡吹來。雨逐漸停息，天色稍微亮了一些。

昌浩覺得心中紛擾不安。

『……！』

來自那裡的風和水氣中，微微夾雜著小孩的慘叫聲。

熟悉的感覺令他毛骨悚然，乘風而來的是慘叫聲和那股妖氣。

昌浩衝出去，勾陣和六合緊跟在後。

『啊，喂，昌浩！』

突然發現昌浩從旁邊衝過去的成親出聲喊他，玄武代他回答：

『從海上飄來了妖獸的氣息！』

拋下簡短的回答後，玄武也隨後追上他們，留下在原地的成親和太陰。成親對不明就裡嚇得全身緊繃的彌助說：

『你直接回家，不要出來，知道嗎？』

彌助正要點頭，突然張大了眼睛說：

『我哥哥……！』

海灣是水深不滿兩丈的淺海，水中有各種魚類棲息，水底潛藏著大量蛤蜊。

昭吉脫下草鞋放在岸邊，慢慢走入海中。走到冰冷海水及膝的地方，他移動雙腳，靠腳底的感覺摸索貝殼。

『找到了……』

為了怕弄濕衣服，他捲起袖子，再把手伸進水裡，撥開沙子撈蛤蜊。沒花多少時間，懷裡就抱滿了蛤蜊。

媽媽很喜歡蛤蜊，每次都會把昭吉帶回家的蛤蜊煮成蛤蜊湯，非常好喝。所以他想撈些蛤蜊去給媽媽，說不定媽媽會想起什麼來。

他顧不得弄濕衣服，抱著蛤蜊繼續撈，想再多撈一點。

這時候，泡在冷水裡的腳好像碰到了什麼，他反射性地往那裡看，正好看到冒出水面的黑色人臉。

『唔哇啊……！』

辛苦撈上來的蛤蜊從懷裡滑落，一顆一顆啪啦啪啦敲擊水面，濺起無數的小水花，昭吉嚇得一屁股跌坐在水裡。

啪沙一聲，妖獸從水中竄出來，是全身佈滿黑色長毛的四腳妖獸！

妖獸一步步逼近。

昭吉拚命划動手腳爬向岸邊。水聲愈來愈近，妖獸就像圍捕獵物般慢慢逼近。

就是它！它就是被封鎖在小廟裡的妖怪，就是它害了媽媽——

憤怒的火焰熊熊燃燒起來，淚水沒來由地滑落下來，昭吉抓起手邊碰到的石頭，扭腰轉身把石頭扔出去。

妖獸沒料到會遭反擊，被石頭命中臉部，臉頓時凹陷下去，石頭啪沙濺起水花沒入水中。但是，妖獸還是嗤笑著。

海面起伏波動，形成高浪，在向來平靜的海灣掀起驚濤駭浪。

拚命逃到岸邊的昭吉覺得腳踝被粗糙的東西絆住，他屏住呼吸移動視線，看到從妖獸的大嘴巴伸出來的舌頭——正纏在自己的腳上！

瞬間，他的身體失去平衡，下半身濺起水花被拖進了水裡。他拚命攀住沙土，想要掙脫，但是完全沒有用。

『救、救命啊……！』

他奮力掙扎，撥動水面，但是連上半身都被拖進了水裡。

『媽媽！媽媽！』

他只是來撈蛤蜊，只是想看到媽媽高興的樣子啊！

『我不要死……』

就在臉浸入水中那一剎那——

『嗡阿比拉嗚坎夏拉庫坦！』

不曾聽過的怪異吶喊貫入他的耳中。

圍繞在他四周的水濺跳起來，纏住腳的力量突然消失，反作用力把他拋到了岸邊。

有人跑向他說：

『你沒事吧？』

他邊咳嗽邊抬起頭，看到一張滿是泥巴的臉，是個比他大幾歲的少年。

水在他們背後高高捲起來，他們回過頭，看到黑色妖獸浮上來，躍出水面齜牙咧嘴地撲向了他們。

少年把嚇破膽的昭吉擋在背後，大叫：

『南無馬庫薩曼答巴沙啦旦坎！』

妖獸被彈飛出去，劃出大大的弧線墜落海面，許久沒再浮上來。水花從那裡飛濺過來，昭吉顫抖地凝視著海面。

海面輕輕搖晃，逐漸高高隆起，飛沫四濺，但是，這回該出現的妖獸卻沒有出現。

耳邊傳來陣陣風聲，確實有疾風襲來般的感覺。

昌浩睜大了雙眼注意著。不對，只是昌浩看不見而已。昭吉也驚恐地環視周遭，但

是沒有看到妖獸。

『昌浩，右邊！』

聽到銳利的聲音，昌浩慢半拍揮出了刀印。

『斬！』

但是，那股刀氣似乎被微妙地閃開了。岸邊沙土飛揚，劃開一條長長的裂痕，卻沒有擊中的手感。

昌浩懊惱不已，光靠聲音和氣息還是來不及出手。反應太慢，無法做到有效攻擊。六合和勾陣並排站在昌浩前面。昭吉看不見他們，昌浩也只是憑藉氣息這麼判斷。

他感覺到迸發的神氣，視野一角瞬間閃過六合的身影。威力增強的通天力量颳起了風，褐色頭髮與深色長布條隨風飄揚。左邊是勾陣，從她身上冒出來的神氣如升騰的熱氣般搖曳著，右手上的筆架叉刀刃閃過光芒。

那道銀白閃光劃破海面，妖獸被神氣煽動，剎那間顯現了身影，昌浩清楚看見妖獸的腳與飛沫一起彈飛起來。但是，揮動刀刃的勾陣低聲咒罵著：『被逃走了……』

『它可以在水中自由行動，有點難纏。』

飄蕩的妖氣逐漸遠去，波濤洶湧的水面恢復平靜，周遭一片祥和。

『昌浩！』

氣喘吁吁的昌浩對衝向他的成親說：『只差一步……竟然被它逃了。』

『不用懊惱，這孩子平安無事就很好了。』

成親拍拍昌浩的頭，蹲下來看著全身癱軟的昭吉，關心地問他：『有沒有受傷？』

隨後趕到的彌助抱住茫然失神的昭吉，叫著：『哥哥、哥哥……』

昭吉被哭得死去活來的聲音喚醒，眼淚撲簌簌流下來，點了點頭。

聽說很多人不知去向，其中幾人被發現漂浮在海灣上。

昌浩換下沾滿泥巴的衣服，順便把臉洗淨，並擦乾了身體，一臉舒爽地嘆了口氣。

『情況似乎比想像中嚴重……』

成親和昌浩先把昭吉、彌助兩兄弟送回了家，所以到達莊官野代重賴的宅院時，已經夜幕低垂。

剛開始，出來應門的家僕看到滿身泥巴的兩人，什麼都沒說就關上了門。

成親看著當面被關上的門，皺起了眉頭低聲埋怨。

『喂！神將，把這扇門踹破。』

『哥哥！』

成親看著一臉慌張的弟弟，微微一笑說：『開玩笑的啦！』

聽到成親這麼說，昌浩拍拍胸口鬆了一口氣，太陰卻在心中調侃他：不，你八成是說真的。

他們再次敲門，並告知有左大臣的書信，對方的態度才稍微好一點。把包著油紙的包裹從門縫塞進去後，又等了兩刻鐘。

太陰等得不耐煩，正準備使出成親剛才說的那招時，有人開門請他們進去了。

莊官的宅院很大，周遭高牆聳立，宅內有倉庫、正屋、除了正屋之外的附屬屋等並排，不像京城宅院靠渡殿相連接，此外還有馬廄、大炊殿④，生活過得算奢侈。

因為全身髒兮兮，剛進來時沒被請到正屋。雨雖然停了，雲層還是很厚，他們就在這樣的天空下，依照吩咐在廂房旁等著。過了一會，穿著打扮比家僕豪華的壯年男子才慌慌張張跑過來說：『對不起，雜役對各位太失禮了……』

他就是管理這一帶莊園的莊官野代重賴。跟在他後面的婦人俐落地指示傭人準備換洗衣物、整理湯殿⑤，他們直接被帶到了正屋。成親在屏風後面換好借來的衣服後，就跟重賴去了其他房間，昌浩被帶去湯殿。

『請使用湯殿。』

傭人這麼說，但是昌浩堅持不能比哥哥先洗，只要傭人先幫他準備換洗衣服和一桶水。他用那桶水洗去髒污，換上乾淨的衣服。

傭人把髒衣服拿走了，應該是要幫他清洗。

還替他準備了飲料和一些食物。正當昌浩覺得渾身不自在地踱來踱去時，成親回來了。

成親在廂房旁坐下來，招手叫喚鬆口氣的昌浩。他們被安排在正屋最裡面的房間，南、北側有廂房，但沒有環繞廂房的外廊，所以也可以直接從廂房走下庭院。廂房與正屋不是用格子板窗而是用板門隔開，可能是到了夏天會拆掉門掛上竹簾。

『莊官大人怎麼說？』

昌浩著急地問，成親把手指抵在下巴說：

『狀況比想像中嚴重，難怪神將太陰那麼緊張。』

太陰他們當然都在旁邊待命，但是現在隱形看不見，也感覺不到氣息，所以可能離他們有段距離。

『莊官說我們剛才路過時救起的孩子，他們的母親也病了，記憶回到了從前的時候。他還說這裡有一座多年的小廟被摧毀了，我們就從那裡查起吧！』

成親露出嚴肅的表情，盯著昌浩問：

『昌浩，你完全看不見嗎？』

『咦……嗯，完全。』

成親拍拍他沮喪下垂的肩膀，露出笑容說：『我不是在責怪你，只是確認一下。』

他打開行李，拿出裡面的金剛杵、念珠，頗有『陰陽師』的架式。

『老實說，我一個人有點吃力，沒人幫忙可能應付不來。你只是看不見而已，我可以想辦法解決。你也是個戰力，千萬不要鬆懈。』

『是。』

成親在陰陽寮是擔任曆法博士，雖然是牽扯到種種人際關係的晉升，但是成親擁有真正的實力與誠實，所以沒有人會批評他。喜歡曆法而選擇了曆道的他，既然是安倍一族，當然具有一定程度的法力。雖然不常出任務，不過驅魔降妖的功力還是值得信賴。

這樣的哥哥認為自己可能應付不來，可見對方應該具有相當強大的妖力。

振奮起來的昌浩，眼角閃過白色身影。他猛然望過去，正要躲進廂房暗處的怪物察覺到他的視線，停下腳步轉過頭來。

紅色雙眸盯著昌浩。昌浩還是無法不在意，看著那雙沒有任何感情的眼睛，他還是會難過、心痛。但是，若因此而抱著膝蓋畏縮起來，只會成為哥哥的累贅。

昌浩撇開視線，看著成親說：『那我要做什麼？』

『這個嘛，首先……』成親偏著頭，用非常認真的表情說：『去借用湯殿，然後今天好好睡一覺，蓄養正式出發降妖的銳氣。』

過了半夜，家家戶戶都熄了燈火，村落一片漆黑。

怪物坐在茅草屋頂上，眉頭深鎖。

飄蕩的風中夾雜著妖氣，包圍了整個村落，彷彿在宣示自己的地盤。通常，這個時間應該有小鬼出來晃蕩，卻完全不見蹤影。這個出雲也還有神明庇佑，現在竟然連神靈的氣息都感覺不到。

傍晚那隻妖獸動作的確迅速，釋放出強烈妖氣，但是，力量應該還不足以影響到這裡這麼大的範圍。

『……那麼……』

散發的妖氣中帶著水氣，幾天前被自己用業火燒成灰燼的人面妖獸，應該不只一隻。它的直覺告訴它，除了傍晚時企圖逃走的另一隻外，可能還有無數隻。

坐在屋頂上的怪物陷入苦思，想起正在自己下方睡得香甜的小孩。

他原本覺得那孩子雖是晴明的孫子，卻完全幫不上忙，但是，傍晚時卻像變了一個人。儘管狙擊目標有些偏差，但好像還有驅魔降妖的力量，而且不是一般的力量。只是缺乏通靈能力，這點令人惋惜。光看力量，他應該能夠超越成親。

想到這裡，怪物眨了眨眼睛。

怪物——騰蛇記憶中的成親年紀更小，才剛行過元服禮，看起來還稚氣未脫。成親和弟弟昌親都很怕他，不曾主動接近過他。他也不想嚇哭他們，只會在某些時機偶爾現身讓他們看見。可能是因為晴明很少召喚他來人界，他自己的性格也跟其他神將不一樣，平常沒事不會現身，所以時間感覺變得模糊了。

對神將來說，十年只是轉眼的時間，在他們誕生以來的漫長歲月中的確微不足道。錯過那微不足道的時光，並不重要。如果發生過什麼事，回京城再問晴明就行了。

做了這樣的結論後，騰蛇抬頭看著天空。

陰霾的夜空是幾近黑色的灰色，看起來不太舒服。如果想看萬里晴空，恐怕只能早點回到京城、回到晴明身旁。

成親的工作結束後，他們就可以回京城。所以為了自己，他或許會考慮出手協助。

腦中瞬間閃過那個孩子的臉龐，那是在他不知道的時候誕生的孩子。

每次與他四目交會，那孩子就會緊張得呆若木雞，忘了眨的眼睛還會動盪搖曳，所以每次都是自己先撇開視線。

他討厭孩子。心想那孩子既然怕他，就不要老注意他嘛！可是，即使他躲在陰暗處，那孩子還是會馬上發現他，似乎感覺很敏銳。

他毫無感覺地看著自己的模樣，白色、嬌小、像一般動物的身軀。

這個偽裝的外表並非出自騰蛇本意，但是他想過——
比起他的原貌，這個嬌小的模樣，應該比較不會給人壓迫感或恐懼感。
騰蛇討厭小孩子。同樣地，小孩子也會躲著騰蛇，就像部分的神將。所以，騰蛇並不想與他們有任何往來。
對於自己本身沒來由地遭人厭惡的強烈神氣，他也覺得厭煩。

小怪的陰陽講座

③『蚊島』如今稱為『嫁島』，是一座無人島，隸屬於東京都小笠原村。
④在日本古代的貴族宅邸中，料理、烹煮食物用的專門建築叫做『大炊殿』。
⑤『湯殿』就是浴室，這也是在貴族宅邸中所用的稱呼。

8

陰曆三月中旬的京城逐漸暖和起來了。

在外廊邊做日光浴邊翻書的晴明，覺得背後有神氣降臨，於是停下手邊的動作。

他沒回頭，直接點名說：

『白虎嗎？怎麼了？』

結實壯碩的神將在原本什麼都沒有的空間現身，那是十二神將中的金將白虎，跟太陰一樣操縱風。

『太陰傳風來了。』

『嗯。』

『她說他們一到山代鄉，就跟妖獸大戰了一回。原因似乎就出在這個妖獸身上，成親和昌浩正在想對策。』

『一到就遇上了啊？好熱鬧的入鄉方式。』

他啪噠闔上書，感嘆地點點頭，讓白虎繼續說下去。

『還有，聽說昌浩失去了「靈視力」。』

晴明的肩膀抖動了一下。

『他強裝自己沒事，直到成親到時才徹底崩潰。現在體力幾乎復元了，再來就看他自己怎麼想了。』

白虎說完後，晴明讓他在一旁暫時待命，開始深思。

原來若菜所說的是靈視力。沒錯，對昌浩來說，那的確是無可取代的重要東西。

但是，即使昌浩知道會是這樣的下場，應該也會做同樣的選擇。他的孫子只要決定了一條路，就絕對不會回頭。

『……白虎。』

晴明有辦法把自己的話比人們使用的書信更快傳送出去。他轉向在背後待命的神將說：

『把風傳送給太陰，告訴她，可能要派遣使者到聖域。』

近中午時，成親和昌浩去昭吉他們家拜訪。

因為經過了一個晚上，再加上昨晚成親為了安撫他們而留下了符咒，所以兩個小兄弟睡得很安穩，出來迎接他們時氣色都很好。

『啊，叔叔！』

見到成親，彌助興奮地叫起來。

原來他已經是叔叔了啊？聽到彌助那麼叫，昌浩不禁對這種無關緊要的事有所感慨。

成親已經是三個孩子的爸爸了，所以一點都不在意，笑咪咪地摸著彌助的頭，他向來喜歡小孩。

隨後出來的昭吉只啊了一聲，向他們兩人深深低下頭。尤其是覺得昌浩在千鈞一髮之際救了自己，所以對他特別恭敬。

昌浩他們本來想問候兩兄弟的父親，順便請教他一些事，但是他們的父親去田裡工作了，只好等以後再說。

『也不好去打攪他工作。』

成親迅速做了決定，回頭對昌浩說：

『我去見附近村莊的長老，你陪他們兩人。』

我借用一個神將！成親這麼說，就帶著玄武走了，大概是覺得玄武最容易使喚吧！在這幾個同行的神將中，玄武的確也是最容易親近的一個。

勾陣和騰蛇留在野代家。昌浩那麼思索著，腦中浮現六合和太陰的身影，他們雖然隱形了，但是應該就在這附近。

『你們住在野代大人家吧？聽說那個家很大，裡面是什麼樣子？』

對昭吉他們來說，野代重賴是住在不同世界的人，他們都很想知道高牆環繞的大房子裡是什麼模樣。

『有茅草屋頂的正屋、附屬屋，還有馬廄、類似裁縫房的地方，聽說村裡有些女性在那裡工作。』

昌浩這麼回答，昭吉頓時沉下臉來，垂下視線，顯得很沮喪，站在他旁邊的弟弟彌助的表情也很難過。

『呃，我說錯了什麼嗎？』

昭吉反彈般抬起頭來，猛搖著頭說：

『沒有！因為我們的媽媽也常常去那裡工作，所以……』

聲音變得愈來愈微弱。昌浩看著眼神中滿是創傷的昭吉，想到昨天他差點被妖獸拖進水裡時，用顫抖的聲音叫了好幾聲媽媽。

他們家很小，只有一個房間。從掛在入口處的蓆子往裡面看，當然看不到去田裡工作的父親，但是也不見母親的身影。

『你們的母親呢？』

昌浩輕聲這麼一問，兩兄弟的表情就更加扭曲了。緊抓著哥哥袖子的彌助，身上的

衣服破了一個大洞，昌浩伸出手說：

『這裡破了呢！』

他蹲下來，手摸到衣服下襬，覺得洗到褪色的布料摸起來很粗糙。仔細一看，衣服到處都是破洞，但是都縫起來了，縫得非常細心。

『媽媽說要幫我縫，可是……』

彌助說到這裡就停下來了，昭吉接著說：

『媽媽住在村莊外一個偏遠的地方，但是……她已經不記得我們了。』

『啊……』

昌浩睜大了眼睛說不出話來，昭吉抓住他的手，向前一步說：

『大哥哥，你昨天救了我，你們是從京城來的吧？大人說京城有很偉大、什麼事都做得到的大官，大哥哥就是那個人嗎？』

昭吉滿臉誠摯地看著昌浩，昌浩猶豫了一下，對昭吉點點頭說大概是吧！兩人的表情頓時明亮起來。

『那你能醫好媽媽？』

『也可以醫好佳代、太一和鈴姊嗎？』

兩兄弟抓住昌浩的雙手，昌浩被半拖著走，不知道他們要去哪裡。

兩人的眼睛充滿了期待，所以昌浩無法回答他們『不能』。

他們說的那些人應該都是記憶回到了過去的患者，或是像人偶一樣活著的那些人。

昌浩和兄弟倆來到村外的偏遠處，那裡有一棟小屋，他們遠遠地站著。不久後，一個瘦弱的女人從茅草搭蓋的小屋走了出來。

兄弟倆慌忙拖著昌浩躲到樹後面，偷偷看著那個女人。女人提著水桶走進森林裡。

『那裡面有清水。』

昭吉的話解開了昌浩的疑惑。過了一會，女人雙手抱著水桶回來了。彌助凝視著女人進入小屋的背影，喃喃說著：

『那就是我們的媽媽，但是她已經不記得我們了。』

『一定是小廟裡的妖怪把媽媽害成了那樣！』

昭吉氣憤地說，嘴唇顫抖著。昌浩聽到立刻反問：

『小廟裡的怪物？』

兩兄弟用力點點頭。

村外偏遠處有一座石砌的小廟，大人們再三告誡不能接近，可是前幾天那座小廟被毀了。

『長老說，很久以前有個白色的神把邪惡的妖怪封在那裡面，所以叮嚀大家不可以

接近。』

佳代和媽媽就是倒在那座小廟前，清醒後就精神異常了。

差不多就在這時候，陸續出現了記憶回到過去的人，或是內心遭到毀壞而失去反應的人。

昭吉邊帶他們折回村落，邊慢慢說明整件事。

『爸爸去找住在其他地方的偉大的人幫忙，但是沒找到那個人，有人說那個人已經不見了。』

『就是一個叫智鋪宗主的人。』

聽到兩兄弟的話，昌浩張口結舌，那個智鋪宗主不就是前幾天被他們收服的人嗎？

對昌浩他們來說，智鋪宗主是個窮兇惡極的人，在這個地方卻是大家膜拜的對象，是個帶來奇蹟的絕對存在。昌浩他們至今仍無法饒恕宗主的所作所為，所以即使知道宗主是某些人的心靈寄託，他們應該也會毅然決然地除去他。但是，的確是他們剝奪了那些人的希望。

『聽到這種話，心情真的很複雜。』

太陰說出自己的感想，昌浩點點頭，悄悄嘆了口氣。

昌浩不知道他們救不救得了這兩兄弟的媽媽和其他人，雖然有成親在，但是他並不

擅長醫治心病。若是狐狸或狗神附身，只要除掉它們就行了，但是這次的狀況不一樣。

『消滅那個妖怪，媽媽就能恢復正常吧？』

昭吉滿懷期待地看著昌浩。昌浩只能困惑地對他笑笑說：

『嗯……我們會盡我們所能去做。』

他不敢說絕對可以。誰也不敢保證消滅妖怪，那些人就能恢復正常。

但是，昌浩比誰都了解被所愛的人遺忘的痛苦，所以他下定決心，要盡一切力量幫助他們。

『消滅妖怪後，媽媽就會想起我們吧？』

彌助又確認了一次，昌浩默默笑著，欲哭無淚。

他多麼想跟他們一樣大聲說出——不要忘了我，我希望你記得我！

多麼想跟母親被奪走的小孩一樣，為索求母親的體溫而哭泣；多麼想伸出小小的雙手，追上去緊緊抱住對方。

如果可以這麼做，是不是會好過一點？

忘了吧！這句話的確是出於自己的口中，他由衷希望對方能忘掉痛苦的事也是事實。

然而，在心底深處哭著期盼對方不會遺忘，也是事實。

成親去拜訪地方上的長老，長老用懷疑的眼神看著他，像評估什麼似的上下仔細打量過後，才對他說進來吧！

『那麼我就不客氣了。』

他腳步輕盈地跟在長老後面，穿過隔間的蓆子，在沒有鋪任何東西的地上一屁股坐下來。

狹窄的屋內只有少許的家具和木箱，裡面應該是收著換洗衣服等日用品。除此之外，還有幾張捲起來的草蓆堆在牆邊，那就是寢具。現在一般地方的庶民，還是生活在泥土砌成的房子裡。

冬天很冷吧？他在心中這麼嘀咕著。長老大剌剌地把一個碗遞給他，裡面裝著從水缸舀出來的冷水。

『啊！謝謝。』

他道謝後接過來，潤了潤喉嚨，一陣透心涼，無比美味。

『你想問什麼？』

老人白髮、白鬚，年紀很大了。他試著詢問老人年紀，竟然比祖父還年輕。

成親想起虛歲八十卻還非常健朗的祖父，乾笑了一下。祖父這種像妖怪的部分，應該是遺傳自他母親的狐狸血緣。

既然這樣，自己身上應該也流著那樣的血，但是成親沒想到這一點，切入了主題。

『聽說最近有不少人精神異常或是記憶回到了過去，您有什麼線索嗎？』

聽到他單刀直入的問法，長老皺起了眉頭。

『哪需要什麼線索？任誰都知道問題出在哪裡。』

長老伸出骨瘦如柴的手，鄭重地斷言說：

『就是因為小廟被摧毀，封在裡面的妖怪逃出來了。我一再告誡大家不要接近那裡，卻還是……！』

這句話直戳問題核心。老實說，成親沒想到會這麼快得到這樣的答案，張口結舌了大半天才又開口說：

『那麼，為了決定方向與對策，能不能請你把你所知道的關於那座小廟的事告訴我？』

『你是什麼人？』

『我是從京城來的陰陽師，統治這一帶地方的領主派我來解決這件事。』

『你是和尚？』

『不，是陰陽師。』

『也不是神官？』

『不是，是陰陽師。』

『也跟那個智鋪宗主不一樣？』

『不一樣，完全不一樣，沒有任何關連。』

經過這樣的對答後，長老傾側著身子懷疑地問：

『陰陽師能做什麼？』

『嗯……大致上是占星、製作曆表、預測天氣、驅除病魔、祈禱康復、施行結緣或飛黃騰達的咒語、為凶日或不祥事祈福等等，工作內容非常廣泛。不過，這次應該算是來降伏妖怪吧！』

『這樣啊……不管「應該」或「算是」，能解決就好，去做吧！』

長老沉吟了一會，大概是很滿意成親一長串的回答，頻頻點著頭。

『嗯，我會盡全力去做，所以關於那座……小廟是嗎？還有妖怪被封入的來龍去脈，如果您知道請告訴我。』

長老雙臂環抱胸前，沉思起來。他閉上眼睛，在遙遠的記憶中搜尋著。

片刻後，老人緩緩張開眼睛，開始訴說：

『我也不是很清楚，只知道從我懂事以來，爺爺就再三告誡我「妖怪和妖怪的手下被封在那座小廟裡，所以絕對不可以靠近」。』

他從來沒想過是誰蓋了那座小廟，又是誰把妖怪封入了小廟裡。

成親皺起眉頭問：

『妖怪有手下？不只一隻嗎？』

『我不清楚，只是聽我爺爺這麼說。他還說如果妖怪跑出來，會造成大災難。事實證明，自從那座小廟坍塌後，就陸續有人死亡、生病，糟透了。』

海灣上的浮屍都是下落不明的男人，女人則都變成精神異常。

實在太慘了！老人痛心地嘆息。

『出事的都是那麼小的孩子或活潑可愛的孩子的母親，而不是我這種沒用的老人，上天到底都在想些什麼？』

出雲是神域，如果真的有神，看到如此慘狀，為什麼沒有採取任何行動？因為人類是微不足道的東西嗎？

成親打從心底同意老人說的話。

沒錯，如果神真的存在，為什麼假裝沒看見呢？

風逐漸增強，並不是因為太陰做了什麼，而是空氣的自然流動。

抬起頭，看到雲在天空飄流，說不定明天可以見到久違的藍天。

看起來比太陰、玄武更小的彌助，抓著昌浩的左手往前走。昭吉看起來跟太陰差不多，所以應該是八歲左右。

正月時見到的左大臣家的嫡子是九歲，但是感覺上，昭吉比他和善、能幹多了。那位大少爺也有弟弟、妹妹，怎麼會差這麼多呢？

『應該是環境的不同吧……』

昌浩不由得喃喃唸著，昭吉回過頭指著前面說：

『看，那就是小廟，已經全坍掉了，但是石頭還在。』

昌浩拜託兄弟倆帶他來看這座小廟。雖然他現在看不見鬼神，但是還能感受到氣息或零星的力量，能做多少就做多少，總比沒有任何頭緒好。當然會因為自己『看不見』而不安，但是有太陰和六合在，不管發生什麼事都能應付。

『大哥哥，你要過去嗎？我們也要……？』

彌助顯得很不安，昌浩放開他的手，摸著他小小的頭，搖頭說：

『不，你們在這裡等，我一個人去看。』

『可是很危險呢！我不要大哥哥也變成像媽媽那樣。』

彌助說著快哭了。昌浩把他的手交給昭吉，笑著說：

『放心，我去看一下馬上回來，你跟哥哥一起在這裡等。』

昌浩把六合留在孩子們身旁，帶著太陰走向小廟的廢墟。

愈靠近就愈感受到殘留的異樣氣息，非常濃烈，那是刺骨的妖氣。小廟已經坍塌一個多月了，殘餘的妖氣卻還如此強烈。

『被封在裡面的是妖力十分強大的妖怪……昨天那隻沒這麼強。』

浮在半空中的太陰，透過昌浩的肩頭看著小廟的殘骸。她只把神氣加強到昌浩看得見的程度，所以兄弟倆應該看不見。有時，昌浩真的很佩服十二神將在這方面的用心。

他撥開瓦礫，看到裂成兩半的白色石頭，下面有個比石頭小很多的洞。他蹲下來往洞裡瞧，但是深不見底。他試著丟下石頭豎耳傾聽，卻聽不見撞擊地面的聲音。

『好深啊……』

他把手放在洞口上，閉上眼睛，盡其所能運用所有感覺，去感應有沒有殘留任何可能成為線索的東西。

手掌感應到石頭的波動，那顆裂成兩半的白色石頭應該就是封印。殘留在石頭上的微弱力量所產生的脈動，戳刺著手掌。

突然，緊閉的眼睛下佈滿白光。

在刺眼的閃光中，昨天的妖獸與另一個軀體蠢動著。

——……喝……！

是一隻瘋狂咆哮的妖怪，釋放出來的妖力強韌而厚重，昌浩幾乎被擊潰。人面妖獸在妖怪周圍飛舞，一起衝向了某個目標。

『——……！』

是與妖怪對峙的目標物。就在昌浩好像『看見』那目標的瞬間，某個聲音在昌浩身體深處響起、彈跳上來，所產生的脈動貫穿全身，他屏住氣息稍微搖晃了一下。

『昌浩?!』

太陰抓住昌浩的手把他拉到自己身旁，撐住幾乎癱軟的他，看著他的臉。

『喂！你怎麼了？昌浩，快回答我啊！昌浩！』

昌浩跪在瓦礫堆前，手摸著白色石頭，一動也不動。凍結的眼眸散漫無神，像被囚禁般失去了表情。

在心底更深處——所謂靈魂深處的地方——搖曳著波盪的火焰，那是像冰一般寒冷的灰白色火焰。

『喂，昌浩！』

太陰的聲音充滿焦躁。太奇怪了，這樣的僵硬太不尋常了，不管怎麼搖晃都沒有反應，昌浩的眼睛沒看著附近，也沒看著任何東西，只是張開著，意識完全消失了。

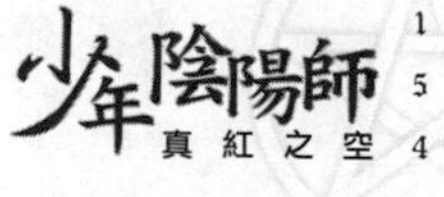

這是什麼現象？到底發生了什麼事？

『六合……！』

在稍遠處守護著孩子們的六合，聽到呼天搶地的聲音，微微皺起了眉頭。他先低頭看看兩個孩子，再把視線轉向太陰。

『昌浩出事啦！』

昌浩應該聽見了太陰的叫聲，卻動也不動地跪在那裡，沒有任何反應。

在感官知覺盡失的白光中，昌浩茫然地『看』著前方。

那個目標物不費吹灰之力就擊潰了妖怪們，沒殺它們，只封住了它們。因為背光的關係，昌浩看不清楚那目標物的面貌。

但是，比本能更深的地方產生了共鳴，白色火焰在心底燃起。

怦怦。

心臟劇烈跳動。

睡在野代宅院的正屋屋頂上的怪物，突然動了一下耳朵，抬起頭來。

從宅院東側，離當地村落稍遠的地方——

傳來氣息的波動。

它站起來，疑惑地皺起眉頭喃喃自語：

『怎麼回事……？』

那不是妖怪的妖氣，也和妖獸的不同。應該也跟棲息在這附近的小鬼們不一樣，當然更不可能是人類的靈力之類的東西。

是它至今不曾感受過的力量，雖然微弱，卻清晰地戳刺著肌膚。

同時，從屋頂看得到的海灣，水面蕩漾波動。

『騰蛇。』

勾陣在怪物旁邊現身，怪物瞥了她一眼，接著把視線投向了海面。

『昨天那隻妖獸不知道去哪了。』

勾陣點點頭，探索妖氣的軌跡，微微瞪大了眼睛。

『有神氣……是往昌浩那裡去了？』

勾陣掌握到同伴的氣息，一翻身不見了。化身成怪物的騰蛇，視線追逐著一聲不響就消失的勾陣，不耐煩地嘆了口氣，從屋頂跳下來。

它邊追逐妖獸的軌跡，邊訝異地看著海面。

那隻妖獸有操縱人心的力量？既然這樣，被火焰燒成灰燼那天，那隻妖獸為什麼不用那個力量來對付他們？

成親和他那個弟弟，說他們來這裡是為了解決這一連串事件。既然自己與他們同行，那就應該要協助他們。成親還好，那個弟弟的力量顯然還不夠成熟，這應該就是晴明派神將來的原因。

前幾天被妖獸襲擊的畫面閃過腦海，那孩子在勾陣和六合的保護下，什麼事也不會做，只能任神將們擺弄。還老是欲言又止地看著他，視線一交會就閉上嘴巴，很害怕似的緊繃著臉。

既然那麼害怕，叫我回去不就好了？

勾陣和太陰們都直呼那個孩子的名字，騰蛇重複聽過很多次，卻怎麼也無法記住。總是像耳邊風聽過就忘，怎麼想也想不起來。

年輕時的晴明曾說名字是最短的咒語，難道是那個咒語無力到讓他記不起來？

那個孩子就只有這樣的能耐嗎？

他可以馬上想起晴明或成親的長相，卻怎麼都想不起那孩子的模樣，除非當面看著那孩子。

彷彿被施了什麼魔咒般，只對一個人這樣。

還有，完全不會去思考這是怎麼回事，顯然也很奇怪。

然而，騰蛇卻連這點都沒察覺。

昌浩的樣子就像時間靜止了，看得太陰心急如焚。

『怎、怎麼辦，到底怎麼了？昌浩、昌浩，你快回答我啊！』

很想狠狠給他一巴掌，可是一想到十二神將的天條，太陰就猶豫了。她不知道可以做到什麼程度，聽說朱雀以前曾經打昏陰陽寮的官員藤原敏次，那樣的程度好像還不至於觸犯天條。

『既然這樣，打他一巴掌應該還好吧？好，就這樣。』

太陰調整呼吸，屏住氣息，閉上眼睛，揮起了手。

『……！』

就在快打到昌浩臉上時，她的手突然靜止了，是突來的妖氣攔住了她的手。

她猛然回過頭，從海灣方向飄來了夾帶妖氣的風。

陪在孩子們身旁的六合全身散發出緊張的氣息。妖氣逼近的速度非常快，來源不只一處，有許多妖獸正扭動身軀往這裡疾馳。

『太陰，妳帶著孩子們離開。』

六合手上出現銀白色長槍，注視著風來的方向。

太陰搖搖頭說：

『不行，昌浩動也不動一下。』

『那就把三個人一起……』

六合說到一半，下意識地揮開了掠過視野的黑點。

從旁邊跳出來攻擊昭吉和彌助的妖獸被銀白色的長槍打得倒栽蔥。新的妖獸又越過同伴的軀體跳出來，發出刺耳的吼叫聲，齜牙咧嘴地衝過來。六合的長槍直直刺向妖獸的臉，在刀尖傳來觸感的瞬間往上撥，再對準被拋上半空中的四肢，橫向掃出斬擊。

兩個孩子不知道發生什麼事，嚇得不敢出聲，身體緊靠在一起。妖獸逼近眼前，兩人發出了慘叫聲。那隻妖獸不知道被什麼彈飛出去後，兩人還來不及喘口氣，又跳出了其他妖獸大聲咆哮，他們害怕得閉上了眼睛。

『糟了……』

太陰慌忙抓住昌浩的後衣領。

『喂，你快醒來啊！昌浩！』

昌浩正在閉鎖的心中聽著可怕的聲音。

——……我一定會把你……！

類似詛咒的沉重、晦暗的謾罵聲回響著。地上躺著五隻遍體鱗傷的妖獸，某人不屑地瞥過那些妖獸。聽著妖怪謾罵的那個人，微微揚起了嘴角。

昌浩的心臟撲通撲通跳著，愈燒愈旺的白色火焰在張開的眼睛裡搖曳。

太陰被籠罩著他的異常氣氛嚇到了，咕嘟吞了口口水。那是什麼東西？究竟發生了什麼事？

昌浩在道反聖域一度失去了生命，會不會跟那件事有關呢？可是，為什麼偏偏發生在這種時候呢？

她氣憤得移動視線，看到四隻衝過來的妖獸。其中一隻少了一隻前腳，一定就是昨晚那傢伙。

妖獸的動作實在太迅速，光要看清楚它們的動作、閃避攻擊就很吃力了，完全沒有反擊的餘地。六合一個人根本應付不來，而且他背後還有兩個無力的孩子。那兩個孩子成了他的包袱，得想想辦法才行。看來只能照他剛才所說，先用龍捲風把三個人拋到半空中。

銳利的爪子閃過六合的斬擊，撲向了幼小的孩子。

抽搐的慘叫聲震天價響，六合倒抽一口氣。太陰趕緊揮出真空氣旋，但是沒擊中。真空氣旋刨過地面，揚起沙土。白色怪物穿越散落下來的沙土，比妖獸快一步帶走了孩子們。

妖獸撲空的爪子和腳同時被刀刃砍斷，從飛出去的斷臂切面流出來的黑色黏液四

濺，在快滴到孩子們身上時，被深色長布條揮開了。彌助聽到布揮動的聲音，嚇得縮起了肩膀。

一股強大的通天力量襲向失去雙腳的妖獸，把妖獸的身體炸得粉碎。衝擊力打在孩子們身上，使他們縮得更小了。

是趕來的怪物和勾陣在千鈞一髮之際救了昭吉。

拎著昭吉後衣領的怪物放開被拖倒在地上的孩子們，嚴厲地說：

『你在幹什麼？』

六合不理睬怪物冰冷的話語，看著昌浩說：

『他突然變得不太對勁，就在那時候出現了妖獸。』

『昌浩？』

勾陣驚愕望向毫無反應的昌浩。怪物聽到勾陣的叫聲，像第一次聽到似的在心中喃喃唸著：原來他叫昌浩啊！

但是，注意到那個名字也只是剎那間的事，一眨眼，那個名字就在腦海中煙消雲散了。不管怎麼樣，都像水從手心溢出來一樣不留痕跡。

咆哮聲震耳欲聾，剩下的三隻妖獸同時露出尖牙，把目標從孩子移到昌浩身上，瞬間穿過神將們的死角迅速衝了過去。

但是，昌浩身旁有太陰守著。因為不用顧及孩子，可以全力以赴，太陰展現出驚人的破壞力。

『少瞧不起人——！』

她對準猛撲過來的妖獸臉部拋出了風矛，一隻被迎面刺中，從嘴巴裂開支離破碎。其他兩隻看了露出猶豫的神色，但是神將沒那麼天真，不會在這個時候同情它們。

『休想逃！』

太陰一聲怒吼，使出龍捲風包住妖獸往上拋。妖獸們拚命掙扎，勉強保住性命從風中逃了出來。

儘管全身上下傷痕累累，妖獸的腳程還是比神將快，像風一樣迅速逃離了。

眼睜睜看著妖獸逃走，太陰氣得直跺腳。不過，他們知道妖獸的落腳處。雖然不能收拾它們很不甘心，但是現在有比追殺到海灣更重要的事。

『昌浩！喂，昌浩！』

勾陣輕拍昌浩的臉頰，一臉茫然的昌浩慢慢抬起了頭。

焦點飄移不定，彷彿看著遙遠的某處，眼神渙散。

昌浩體內又產生了激烈的脈動，瞬間，勾陣看到白色火焰在他的眼睛深處燃起。

突然，他垂下了眼睛。

接著，像斷了線的人偶般倒下來。

有個人從頭到尾觀察著這一切。

連神將都沒發現。一直看著他們與妖獸作戰的那個人，看見從倒下的少年體內冒出了灰白色的火焰。

藏在黑髮下的雙眸閃過光芒。

那少年是——

沒有血色的嘴唇微微張開，溢出了隨風飄逝般的喃喃低語：

『這可真是……意外的收穫呢……』

那個人在喉嚨深處咯咯竊笑，嘴唇歪斜成嗤笑的形狀。

那少年就是來自京城的術士之一。

來自京城啊！

男人深感興趣，瞇起眼睛，輕輕一翻身，迅速消失了蹤影。

9

他夢見自己在夕陽中望著天空。

夢見思念的人就在他身旁。

地點應該是在他出生的宅院內，最裡面的房間。

他在寬大的膝上沉坐下來，頭上傳來慈祥的聲音。

很關心地問他冷不冷，他笑著說不冷，聲音的主人表情恬靜地瞇起了佈滿皺紋的眼睛。

在夜晚來臨的前一刻，天空脫去藍色的外衣，大膽地改變了裝扮。

他看著一點一點泛紅的天空，怎麼看都看不膩。

——那是很久很久以前的事了。

恍惚間張開眼睛，映入眼簾的是樑柱和茅草閣樓，還有兩張孩子的臉、一張大人的臉擔心地看著自己。

昌浩眨了眨眼睛移動視線，所有人的表情都放鬆了下來。

哥哥成親嘆口氣說：

『原來……你還沒完全復原啊？』

聽到成親這麼說，太陰和玄武向他抗議：

『當然啦！』

『他經歷過難以想像的事啊！你是昌浩的哥哥，要更關心弟弟的身體嘛！』

被兩個小孩子斥責，身為大人的成親不以為然地說：

『可是他自己說他沒事啊！我是尊重他個人的意願。』

『要考慮時間和場合！』

『就是嘛！』

三個人展開了舌戰，昌浩不管他們，察看周遭。勾陣與六合坐鎮在牆邊，視線再往下移，就看到在廂房角落縮成一團的怪物背影。

昌浩沒來由地鬆了口氣，說不出理由，只要怪物在附近，他就覺得安心。

他用點力爬起來，掀去蓋在身上的外衣，邊摺著衣服邊對太陰他們說：

『我沒事，你們不要老罵我哥哥。』

『昌浩，你真好，絕對不要失去這樣的本性，否則會變成爺爺那樣。』

成親感慨地說。昌浩想起了祖父的臉，還真覺得哥哥說的或許沒錯。雖然爺爺還是有他慈祥的地方，但是動不動就喜歡整他，所以他沒辦法立刻替爺爺辯解說沒那種事。

『神將跟我說了事情經過，你到底是怎麼了？』

與昌浩分別後，成親先去長老家拜訪，接著又去探望了精神異常的小女孩佳代。正如傳聞那樣，不管成親跟小女孩說什麼，或是在她面前搖手、輕拍她的臉頰，她都沒有任何反應。小女孩的母親憔悴消瘦，淚水都流乾了。唯一可以依賴的智鋪宗主不見了，他們實在想不到其他方法讓小女孩恢復原狀。

就在這時候出現了來自京城的陰陽師，母親像抓住水中浮木般哀求成親。

——求求你，救救我的孩子……！

後來拜訪的那幾戶的家人，也都是這樣痛心地向他傾訴，他帶著滿懷不忍的心情探視了所有患者。

結束後正打算跟弟弟會合時，同行的玄武卻露出罕見的慌張神色，拉著他往小廟來了。

昭吉和彌助一看到成親就像決堤般大哭了起來。趕緊安撫孩子的他，看到完全失去

冷靜的太陰正氣急敗壞地喊著昌浩的名字。

聽說昌浩是突然不動，就那樣昏倒了，連向來堅強沉著的成親也震驚得說不出話來。

由於不能讓不相干的人看見神將，所以成親把昌浩暫時託給神將們，他先把昭吉和彌助送回家，再折回來把昌浩揹回野代家。他也想過請神將們揹回來，可是如果只有昏迷的昌浩先回來，在安倍家不會怎麼樣，在野代家就可能會引發懷疑。

雖然成親帶來了左大臣的親筆信，但是對野代家的人來說，他們還是突然出現的訪客，來歷不明，所以最好還是不要做出令人起疑的舉動。

昌浩望向敞開的廂房，眨了眨眼睛。

雲不見了，難得的藍天露臉，看起來高遠寬闊。太陽已經有一半西沉了，可見現在是黃昏。

這座宅院蓋在海灣附近，只是四周高牆聳立，所以看不見海灣。近郊有野代川流過，這個氏族的姓應該是取自這條河川。

海灣十分遼闊，甚至看不到對岸。聽說天晴時，可以看到太陽沉入海面的景色。野代家的人住在風景絕佳的地方。

正想著這些事的昌浩，耳中灌入海水的聲音，那是微弱而隱約的水聲。拍打上岸的海水聽起來平靜祥和，有時卻夾雜著動盪不安的搖曳。

坐在牆邊的勾陣舉起一隻手，吸引成親的注意力。

『妖獸躲在海裡，要趕快消滅它們，不然又會有人受害。』

『沒錯……當地居民們也很擔心那些失蹤的人。聽說有幾個人浮屍在海灣上，恐怕其他人也……』

灰白色的火焰在昌浩心底搖曳，視野突然縮窄，五官彷彿披上一層薄紗，感覺就像潛入了水底，聽著水面的聲音。

『……被抓走的人，都成了妖獸的食物……』

像是發高燒昏迷的人發出的平板聲音，從昌浩乾澀的嘴唇流洩出來。

眾人嚇了一跳，目光都投注在昌浩身上。

昌浩臉上毫無表情，眼神就跟剛才一樣，太陰倒抽了一口氣。

『……有一隻帶領妖獸的妖怪……那隻妖怪會掌控人心，喜歡看人類之間的紛亂爭執……』

有人抓住昌浩的肩膀，在他耳邊大聲呼喚。

昌浩的肩膀抖動了一下，他有如大夢初醒般張大眼睛，眨了好幾次。

『……咦……？』

有東西在體內唰地冷卻下來，眼中搖曳的影子消失，恢復了平常活力充沛的光采。

昌浩茫然地問：

『我……說了什麼？』

成親表情僵硬地看著弟弟，沉默地放開了手。

被抓走的人都成了妖獸的食物。帶領那些妖獸的妖怪，喜歡紛亂爭執。妖獸潛藏的海灣，漂浮著那些失蹤者的屍體。那只是其中一部分，聽說有人下水打撈也被拖入水中，再也沒有回來。有人的記憶回到過去而忘了家人，引發家庭紛爭；有人因為孩子精神異常而活在絕望無助中。

這是什麼暗示呢？

『你從哪聽來的？』

被這麼一問，昌浩瞪大眼睛，手按著額頭說：

『不……我不是聽來的……』

而是『知道』這件事。

在產生這種自覺的同時，他一陣戰慄。他是第一次來這個地方，怎麼會知道被封住的妖怪的事？

理性告訴他這是不可能的事，但是，他的確『知道』這件事，就像想起了忘記的事

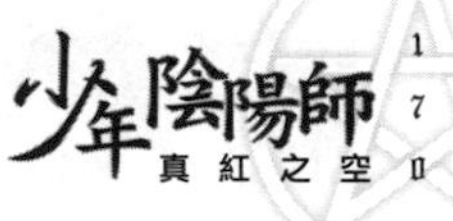

那種感覺。

臉色蒼白的昌浩感覺到刺人的視線，往那裡望去。

坐在廂房的怪物正注視著昌浩，紅色眼睛眨也不眨地映著昌浩的身影。

昌浩沒有撇開視線。那雙不帶任何感情的紅色眼眸，是他在夢中見到的跟夕陽同樣顏色的眼睛。

那是不認識昌浩的騰蛇的眼睛；今後將投注在自己身上的，正是那道目光。

好像帶著笑意、又像帶著一絲悲哀的溫暖眼神，再也不會回來了。而期盼這種結局的人，正是昌浩自己。

但是就算在夢中也好，他希望起碼能再見到一次。這是奢侈的願望嗎？連這樣都不被允許嗎？

有個咒語可以見到想見的人。他想起彰子的溫暖，胸口微微糾結。

他潤潤嘴唇，咕嘟嚥下口水說：

『不是聽來的……應該是直覺……』

『這樣啊……』

雖然那個答案模糊不清，但是成親沒有繼續追究。

他從行李拿出金剛杵和念珠，站了起來。

『如果妖獸真的會吃人，必須在下一個受害人出現之前消滅它們。神將們，請協助我。』然後他低頭看著昌浩說：『你在這裡……』

『不，我也要去！』

昌浩打斷哥哥的話爬起來。『我也要去……剛才我答應過昭吉他們要消滅妖怪，幫助他們的母親和村人，我不想毀約！』

他激動得聲音顫抖，眼睛發熱，拚命壓抑湧上心頭的情感。

他許過承諾，許過無數的承諾，很多都還沒有實現。在河岸時，有人對他說這樣不行哦！他就回來了。

在許許多多的承諾中，有一項永遠無法實現了。

他曾經對某人許下承諾，會成為最頂尖的陰陽師，但是那個人已經不在了。

所以他不想再背叛任何人。

『很多人活在痛苦中……為了那些人，我要成為陰陽師，成為最頂尖的陰陽師……這是我許下的承諾啊！』

昌浩露出絕不退讓的堅決眼神。成親知道，這種時候不管他說什麼，弟弟都不會退讓。他本人或許沒有自覺，但在這方面他真的跟爺爺很像。

『好吧！但是千萬不要逞強。』

成親嘆息地說，昌浩用力地點了點頭。

旁觀的怪物露出看到什麼怪東西的表情。

他說他要成為陰陽師？他又沒有通靈能力，竟然做了那麼愚蠢的決定。

他究竟是對誰許下了這種不可能實現的諾言？

最頂尖的陰陽師？據騰蛇所知，除了安倍晴明不會有第二人了。如果沒有誤解他的意思，那不就是意味著他將超越晴明？

他怎麼可能超越那個晴明？簡直是癡人說夢話。

怪物甩甩頭，眨了眨眼睛。

那孩子的臉和名字不曾在他心中留下痕跡。然而那些話卻鮮明地烙印在他腦海裡。

潛藏在水底的妖怪，看到遍體鱗傷連滾帶爬逃回來的妖獸，發出了低吼聲。

『可惡……！』

剛才，它確實感覺到當初封住他的那個可恨仇敵的氣息。在封印解除前的無盡歲月裡，仇敵的龐大力量時時刻刻束縛著它的身軀，把它鎖在那個狹窄黑暗的地底下。

但是，封印終於解除了，它與跟隨它的妖獸們又復活了。

妖怪踐踏的腳下有已經膨脹、開始腐爛的屍體。幾隻受傷的妖獸們，在附近吃著其

他食物。

起初，為了誘捕新的獵物，它會把辛苦抓來的獵物當成誘餌，但是漸漸地人類就學聰明了，不再靠近海灣。

前幾天好不容易有活人下水來，妖獸正要去捕抓時，卻遇到了阻礙。

早知道，就該把為了好玩而留下來的那些女人和小孩，通通都吃了。

它留下她們，是想聽人們嘆息、怨恨的聲音，聽起來心曠神怡。

一雙眼睛在水底下閃過兇光。

『……去！』

吃著食物的妖獸像被彈飛出去般，一個大翻身衝向了水面。

肚子餓了，非常非常餓。這片土地上多得是人，不管抓多少都不用擔心會抓完。捕食夠了，再把剩下的人類拿來玩，一定很有趣。

它囑咐過妖獸，如果有人類想逃，就把他活活折磨到死。

人類是它們的食物，必須聽從它們的指示。

膽敢抵抗的人類，簡直是不知死活。

如果吃到撐，把人類吃光了，再換個地方就行了。

反正這個國家多得是人。以前居住的國家，人雖然多，但是敵人也多，搶地盤搶得

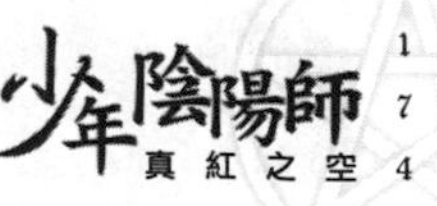

很兇。

這個國家很好，沒有人會威脅到它們。

是的，除了那個仇敵——

黃昏將近的海灣，風平浪靜。

成親和昌浩站在夏天時孩子們會來戲水玩耍的海灣邊。

昌浩額頭上的黑灰色圖案，是用燃燒符咒的灰燼畫的，只要有這個圖案在，就可以看見異形或妖魔之類的東西。

『這是用來代替通靈能力的，雖然不太實用……但是有安撫作用。』

成親這麼說，不過昌浩已經很滿足了，因為只要集中精神就能看到十二神將。

緊盯著海面的昌浩，看到水底下晃過可疑的影子。

彷彿有冰塊從頸子一帶滑落下來的感覺，在他背上窸窸窣窣滾動著。

水面高高隆起，昌浩清楚看見裡面潛藏著一個黑影。

『妖獸！』

聽到昌浩的叫聲，玄武大大張開了雙臂。

水氣擴散開來，從水中跳出來的妖獸在岸邊撞上了看不見的牆。

是玄武的波流壁阻擋了妖獸。為了不讓它們再危害人類，必須使出全力打敗它們。

妖獸在水面上重新整隊，改變目標衝向昌浩。站在岸邊沙丘上的昌浩正面迎敵。

妖獸的平板人臉上嘴巴大開，發出刺耳的咆哮聲。兩隻妖獸踩過水面，濺起飛沫，衝向了昌浩。

他看見了。聽覺、觸覺、視覺連動，腦部可以完全掌控這些感覺，這樣就沒問題了。

昌浩結起內縛印，大叫：

『南無馬庫桑曼答、巴沙啦噹顯達、瑪卡洛夏打索哈塔亞嗡塔拉塔坎漫！』

其中一隻妖獸被縛魔法抓住，全身被看不見的咒縛捆綁，濺起飛沫落入水中，但還是奮力掙扎撥水往上游。

另一隻妖獸往後退，閃開成親放射出來的凌厲氣勢，水面頓時被刨開一道溝，但是水很快就又湧上來了。

成親收回揮出去的手刀，感嘆地說：

『我還是不適合做驅魔降妖、消災祈福之類的事。』

製作曆法最適合我的個性。

他悠悠地這麼叨唸著，瞥一眼掙開昌浩的縛魔法跳上來的妖獸，揮出已經收起的手

刀。『掃射之風宛如白刃！』

伴隨著言靈被拋出去的靈力凝聚體劃破了妖獸的身軀，濺出黑色黏液。

滴落水面的稠糊黏液逐漸沉入了水裡。

昌浩對著有些退縮的水獸，喊出真言：

『南無馬庫沙啦巴塔塔牙帝亞庫沙拉巴、波凱別庫沙拉巴塔塔啦顯達、馬卡洛夏坎牙基沙啦巴畢基南溫塔拉塔、坎曼！』

『覺悟！』

就在真言完成的那一剎那，圍繞妖獸的邪惡妖氣也散去了。

太陰揮出真空氣旋，作為最後的致命一擊。

好幾道真空氣旋把妖獸的四肢剁得粉碎，碎到令人難以想像原來的樣貌。黑色斷片掉落水面，濺起小小的水花。

總算解決了一隻。

『只要困住它的話，並不是那麼難對付。』

如果繼續收拾殘餘妖獸，潛藏在水底的那個妖怪應該就會現身。

成親還不知道是否真有那樣的妖怪，但是昌浩的話值得相信。

不過他還擔心一件事，那就是降伏妖怪後，當地的人是不是就能恢復原狀？

記憶回到了過去的心、完全崩潰瓦解的心，雖然都是妖怪造成的，但是老實說，他不認為可以恢復原狀。

成親雖然是陰陽師，但畢竟也只是普通人類，所以當然不是萬能。他希望實現孩子們的願望，但也知道那是不可能的事。

以他的力量，既不可能讓死去的人復活，也無法修復毀壞的心。

如果是祖父，或許可以辦得到。

昌浩暫時拋開成親的疑慮，對準了最後一隻。

『只要打倒這一隻……』

那個妖怪應該就會現身，應該會被失去部下的熊熊怒火逼出來。

昌浩腦海中閃過那對兄弟的身影。

這兩個孩子思念著遺忘了自己的母親，即使母親說不認識他們，他們還是拚命想挽回母親。

那正是自己——正是為了保住不想失去的東西，而失去了重要東西的自己。

所以，他想為他們做些什麼，至少要幫他們取回他們所失去的東西。

這麼想是自不量力嗎？

怪物和勾陣在一段距離外，看著奮戰的成親和昌浩。

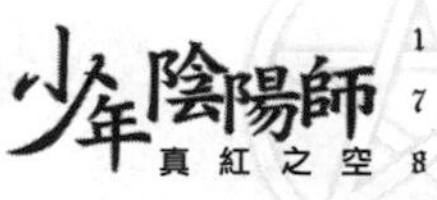

『勾……妳不用插手嗎？』

『還不需要擔心，那種小嘍囉，只要昌浩認真起來，兩三下就解決了。』

勾陣交抱雙臂說得滿不在乎的樣子。怪物覺得納悶，抬起眼問：

『妳說的不是成親？』

『沒錯，我說的是昌浩。』

昌浩？怪物在嘴裡默唸著，它怎麼樣都記不得那孩子的名字。

勾陣說得沒錯，靠成親的法術取得通靈能力的孩子，威力的確銳不可擋。非但有被什麼附身般的氣勢，更充滿了高昂的鬥志。

但是也讓人替他捏把冷汗。他那樣全神貫注，似乎是為了逃避什麼。

在昌浩身旁隱形的六合突然現身，白白尖尖的東西也在同一時間從水中迸出來。六合推開昌浩，揮動靈布彈開了那東西。

旋轉著掉落在沙地上的是人的骨頭，可能是被折斷，斷面非常尖銳。水面大大波動搖曳，一個黑影潛藏在隆起的水裡，注視著昌浩。

『……就是你這小子……？』

怒吼聲震耳欲聾。

海灣所有的水都往上噴，形成含帶著妖氣搖擺不定的水柱，一個大彎曲襲向昌浩。

好幾道水柱像舞動長龍一般撲過來，就在昌浩和六合忙著閃避攻擊時，玄武的波流壁被妖氣擊碎了。

僅存的最後一隻妖獸突破重圍，急速奔向村莊。焦急的太陰拎起成親的衣領，颳起疾風。

『要抓住它，不然會……』

『我知道！』

成親嘶吼著回應太陰的叫喊，甩開她的手轉過身去。

龍捲風凌空而去，成親正要隨後跟上時，看到了怪物和勾陣，突然停下腳步。

『騰蛇……』

面對憤怒的視線，騰蛇訝異地皺起眉頭。隱忍至今的怒火在成親眼裡搖曳著。

『沒錯，我也怕你，但我還是要說。』

那個放聲大哭的小弟……

希望小怪能忘了一切，結果也如他所願，然而，被挖刨的心卻受傷化膿。每當接觸到冰冷的視線，就像刀刃刺在化膿的傷口上，疼痛蔓延開來，深深地沉澱。

『正月見到你時，你的表情比現在好太多了。』

霎時，怪物眼裡閃過銳利的光芒。成親被它炯炯發亮的眼神射穿，一時屏住了呼吸。猛烈跳動的心臟似乎在責怪自己的莽撞，更加快了速度，但成親管不了那麼多了。

在怪物身旁的勾陣舉起手說：

『交給我吧！你快走。』

『嗯。』

成親去追妖獸了。光成親一個人是有點讓人不放心，幸虧有太陰跟著。不，說不定正好相反。

怪物莫名其妙地喃喃唸著：

『他在說什麼？我聽不懂。』

『我想也是。』

勾陣爽快地回答，拔起了插在腰帶上的筆架叉。

『勾？』

『不過，對現在的你來說，那並不是什麼大問題吧？』

太陽就快西沉了，修長的刀刃反射出微紅亮光。

黃昏是妖魔的領域，夜晚是妖魔的世界。如果不能在太陽落下之前做個了結，後果將不堪設想。

勾陣丟下一頭霧水的怪物，輕輕踏地而起。水柱不斷冒出來，玄武和六合正忙著守

護那孩子閃避攻擊。那孩子在他們中間，等待反擊的機會。

他們彼此之間沒有任何交談，就那樣完成了任務。新加入的勾陣也一樣，好像以前也這樣跟妖怪作戰過。

勾陣動怒了，從她的眼睛可以看得出來。儘管表情、聲音還是跟平常一樣，但是眼神顯露出她的憤怒。

怪物對那個不知何時出世的孩子，還有跟那孩子合作無間的神將們，有種生疏感。

騰蛇不認識的那個孩子，據說是晴明的孫子。

他覺得很生疏，自己內心確實有某部分的缺口。那個名字他聽過再多次也記不得，那張臉也很快就從記憶消失。

揮之不去的黑暗沉澱盤繞心中。

生疏感席捲大腦，但是騰蛇怎麼也弄不清楚真相。

焦躁感蔓延開來，來歷不明的東西盤據體內。

怪物咬牙切齒。

晴明啊！你應該知道這是怎麼回事吧？

此時，怒濤高高捲起，吞噬了那孩子和所有神將。

10

初次相遇是在春天結束的時候。

從高大的柏樹上，噗咚掉下一隻白色的怪物。

那隻怪物滿臉不高興地低聲咒罵著：

——看什麼看？有什麼好看的！

被捲入狂流中，意識頓時變得模糊。

嘴巴不由自主地張開，喝了好幾口海水。流入肺中的水灼熱起來，昌浩痛苦得扭曲著臉。

是水，自己被拖進了水中。

他奮力睜開眼睛，確認狀況。看到下方是搖曳的水面，他知道自己的身體倒過來了。太陽快下山了，照射在水面上的光帶著橙色，在黑夜來臨前必須消滅怪物，否則自己也會有危險。

昌浩拚命掙扎，拉扯纏繞在脖子上的東西。

水底的光線微弱，飄揚的沙子遮蔽了視線。

神將們在哪？玄武、六合、勾陣應該也被捲入了狂流中，他們在哪呢？

——……你不是那傢伙……?!

有個聲音直接穿入耳中，昌浩憑著直覺移動視線，但是什麼也沒看見。

不……有東西在。

海底的一角，彌漫著刻意壓抑卻還不斷增強的妖氣，就是在那裡。纏繞在脖子上的東西也是妖怪的一部分，只是他看不見。

畫在額頭上的咒語圖案被水沖掉了。

脖子被緊緊纏住，勒得他受不了，吐出了氣泡。

好難過，肺部灼熱疼痛。

他顫抖、抽搐，拚命掙扎，光亮在大腦裡爆開來。

——那麼……那火焰是……

又傳來聲音，昌浩的眼睛捕捉到妖怪的模樣，清澈的眼眸深處燃燒著灰白色火焰。

——什麼……?!

他看見了那隻驚愕的妖怪，有龐大的四肢，身軀跟以前收服的窮奇差不多大，約兩尺長，全身披覆著暗灰色長毛。臉長得像人，只有嘴巴異常突出，連尖銳的牙齒都看得到，特別顯眼。

在他體內最深處湧現紛擾不安的脈動，耳底深處響起鼓動，光亮閃過腦海。

對了，我知道，那是烙印在靈魂深處的記憶。

昌浩顧不得自己在水裡，張開了嘴。

『……傲狼……！』

那是破壞人心的野獸，會逆轉人的記憶，耍弄人心，它是以挑起戰亂紛爭為樂的異邦妖魔。

最後的氣泡從昌浩口中冒出，在眼底深處搖曳的火焰被垂下來的眼皮遮蔽了。

傲狼拉動長毛，正要把無力的孩子拖過來時，白色異形在海底出現了。

看到孩子和神將們被狂流吞沒，怪物遲疑了一下便縱身跳進水裡。六合他們不會有事，十二神將不會那樣就完蛋，問題是那孩子。

那孩子的氣會用盡，萬一有什麼三長兩短，晴明會傷心，成親也會生氣。怪物並不在乎成親會怎麼想，但是它不想看到晴明悲傷嘆氣。

妖怪和那孩子就在靠近海灣中心的地方，被妖怪的長毛纏住的孩子已停止了呼吸。

它必須趕快行動。

鮮紅的鬥氣包圍著他的身體，從鬥氣中顯現的騰蛇切斷了傲狼的長毛。

『你是什麼人……?!』

騰蛇懶得回應它，舉起了右手。

傲狼看著他的舉動，大笑說：

『你要在海底使用火焰鬥氣？有意思，還有，你頭上的銀箍也是。』

騰蛇的手靜止了。

銀箍？怎麼可能！安倍晴明施加的封印是金箍。他不由得把手伸到額頭上，用指尖觸摸纖細的圖案，他記憶中的金箍並沒有圖案。

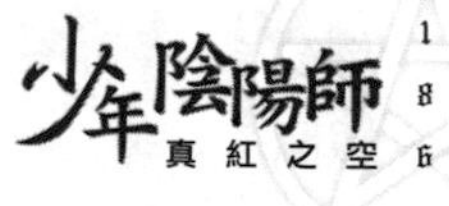

傲狼沒有放過騰蛇剎那間的困惑，只要對方體內有心，它就有種種辦法擊敗對方。

傲狼的雙眼閃爍著詭異的光芒，將壓抑的妖力徹底釋放，包圍騰蛇。

騰蛇的心臟猛烈跳動，傲狼所釋放的妖力侵入思維深處，用無形的手粗暴地翻攪著。恐怖的妖氣在他心底深處伸出魔爪，倒轉思考的流向。

『什麼……?!』

尖銳的笑聲貫穿騰蛇的耳朵，大張的眼睛焦點散漫。

記憶的洪流在腦內逆行而上，時間急速倒流回到過去。

『要讓你倒回到什麼時候呢？放心，倒流部分的記憶我會幫你消去。真想趕快看到你全新的心是什麼樣子，還有你周遭的人會是什麼反應。』

突然，傲狼的妖力被彈開，水強烈震盪，漸漸熱了起來。

騰蛇的眼睛變了色，從鮮豔的金色變成燃燒的紅色。

『……』

逆流中的光景好暗，那是哪裡？

刀尖亮光閃爍，被貫穿的胸部灼熱痛楚。

響起呼喚聲。

右手殘留著沉重的衝擊感，沾滿雙手的溫熱感和濃濃的顏色是……？

銀白的大地、冷冷的風、飛舞的白花。

有陣聲音沙沙作響不曾停歇，那是雨聲。

怦怦，心臟再次跳動，衝擊貫穿腦部掠過全身。

騰蛇額頭上的銀箍霹唏產生了裂痕。

他按住兩邊太陽穴，眼睛張大到不能再大。

——……

有聲音呼喚著騰蛇，那是……？

怎麼也記不住那孩子的名字、那孩子的臉，總是像泡沫般很快在心中破滅，不留下任何痕跡。

就像被施了某種咒縛。

『……不管做多少次惡夢，都將不復記憶……』

但願所有惡夢都如滔滔流水，遠離身軀，消失無蹤。

不管發生過什麼事。

不管經過多少時間的流逝。

不可以遺忘、不能遺忘、不想遺忘——

這聲音是……

『——！』

鮮紅的鬥氣籠罩騰蛇全身，瞬間包住傲狼的地獄業火熊熊燃燒衝向天際。

被吞入海灣的玄武拚命尋找著昌浩。

水將玄武在水裡的行動完全不受限制，他可以隨意操縱水，有時水也會成為他的武器。

『昌浩在哪？』

丟下勾陣和六合不管也無所謂，因為十二神將沒那麼脆弱，縱使遭敵人攻擊，也沒那麼容易被擊倒。

海水強烈搖晃，水流中夾帶著灼熱的鬥氣，玄武驚訝地回過頭。

那是騰蛇的神氣，而且周遭凝聚著淒厲的妖氣。

妖怪會吃人，所以昌浩應該也在那裡。

玄武的嬌小身軀在水中疾馳，沒多久就找到了虛弱得閉著眼睛的昌浩，還有跟妖怪對峙的騰蛇。

『昌浩！』

昌浩完全失去了意識，必須盡快把他帶出水面。

妖怪被騰蛇纏住了，趁現在趕快行動。

就在玄武抱起昌浩軟綿綿的身體，改變方向往上游時，發生了異常狀況。

騰蛇的神氣狂暴地迸開來，連正要離開的玄武都被彈飛出去。神氣迅速向外擴散，玄武察覺到神氣中灼熱的氣息，大驚失色。

他還記得這個氣息，以前，這個氣息曾擴散過兩次。

一次是騰蛇差點殺了晴明時，一次是昌浩在貴船被兇刃刺殺時。

『糟了……！』

急著浮出水面的玄武，抱著昌浩釋放出通天力量。

他佈設了包圍海灣中心部分的圓筒狀結界。

結界才剛形成，煉獄的火焰就穿出水面，衝向了紅紅燃燒的黃昏天際。

隔著結界仍然覺得肌膚灼熱的熾烈業火，化為火龍燒焦了天空。這樣下去，結界很快就撐不住了。

玄武咬住下唇，游向岸邊，無論如何他都得保護昌浩。

浮出水面後，昌浩幾乎把肺中的積水全吐出來了，但臉色還是很蒼白，全身無力。

突然，一個人影從水中冒出來。

『六合！』

六合不耐煩地撥開緊貼在臉上的頭髮，看著熊熊燃燒的火焰，背脊一陣寒顫。多虧有玄武的結界，要不然會危及這個海灣和自己的生命。

騰蛇的封印解除了，那是不受任何限制的純粹通天之力，也是十二神將中最強、最兇暴的力量，連兇將勾陣都比不上。

人們想像出來的會燒盡一切的煉獄之火，在這裡具體呈現了。

六合從玄武手中接過昌浩，游向岸邊。

太陰和成親一臉茫然地佇立在岸上。

『太陰，你們把妖獸消滅了嗎？』

玄武上岸後這麼問，太陰慌忙點頭說：

『嗯、嗯，消滅了。先告訴我，那是……』

『那是騰蛇……?!』

成親的聲音驚愕而顫抖，六合與玄武無言地點著頭。

太陽逐漸沉入海灣，比那更鮮豔的紅色火焰把天空染得通紅。

傲狼顯得狼狽不堪。

『怎麼會這樣……！』

全身長毛瞬間燒光，裸露的肌膚紅腫潰爛，片片剝落，就像被推入了活活燒死的地

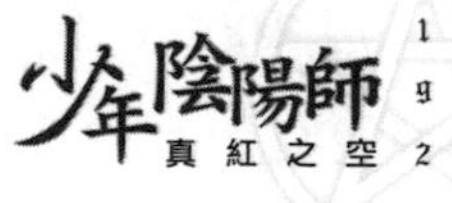

獄裡。

『不可能、不可能……！』

問題究竟出在哪裡？它只是讓記憶倒流，破壞對方部分的心而已，殘缺的心應該會產生混亂，成為新的紛爭火種啊！

然而，這次它完全失算，它將被男人釋放出來的煉獄之火所毀滅。

『你、你、這樣下去會……』

火焰燃燒得更猖狂了，貫穿傲狼的四肢，燒焦內臟，削去炭化的骨頭。熱氣使海水蒸發成為水蒸氣，帶給傲狼更大的痛苦。

不出片刻，妖怪就被狂亂的火焰吞噬，煙消雲散了。

在水中找到騰蛇的勾陣，儘管靠神氣防禦，還是被扎人的火焰威力震得全身顫抖。

火將騰蛇是十二神將中最兇猛的一個，如果不施加封印，力量遠遠超越勾陣。

被火焰包住的妖怪，在結界前消失不見了。

然而，騰蛇的火焰還持續著，火勢愈來愈強，愈燒愈旺盛。

『騰蛇……！』

以前騰蛇差點殺了晴明時，曾椎心泣血地哭訴。

如果、如果再發生這樣的事，就阻止我，阻止不了就殺了我。

很不巧，勾陣沒有朱雀那種弒殺神將的力量，不過應該還可以跟他打成平手。

灼熱的強烈鬥氣穿透玄武的結界襲向了她。鬥氣如刀刃般銳利，劃傷了她的四肢。

血從裂傷的額頭流進眼睛，臉頰、手臂和肩膀也都傷痕累累。

『竟敢劃傷女人的臉，你得付出很大的代價哦！騰蛇。』

她微微一笑，不在乎地舉手碰觸結界。很燙，手掌發出聲響，好像就要燒起來了。

耳邊響起騰蛇的懇求，勾陣像強忍著什麼似的，雙眸瞇了起來。

騰蛇說過，阻止不了就殺了他。

『……可是……』

可是，晴明說絕對不可以殺死騰蛇。

還有昌浩的期望——

忘了所有痛苦的事吧！

『即使很痛苦、覺得心就要崩潰了，其中有些事也絕不能忘記吧……？』

十三年前的邂逅改變了你，你忘了那件事，所以心凍結了。

那孩子也一樣，受傷的心哀鳴著，只能拚命隱藏不讓任何人發現。

看到你現在這個樣子，晴明也會難過嘆息吧！

『可能的話，我希望不要跟你刀刃相見……』

有聲音，是那孩子的呼喚。

那孩子的心在哭泣，叫喊著你在哪？你在哪裡？

我決定留在你身旁。

我發過誓，不論你想怎麼做，我都會全心全意幫助你。

那孩子在哪？

那孩子……

不，我知道他的名字，我知道那孩子的名字。

我認得那雙堅定、絕對不退卻的眼眸，我認得那張會讓所有見到他的人都感到舒暢的開朗笑臉，我認得那個充滿活力、四處奔波的身影。

還有，看著我、呼喊我名字的聲音。

——小怪……

沒錯。

『……』

騰蛇眼裡亮起平靜的光芒。

那孩子的名字是……

『昌浩。』

勾陣睜大眼睛說不出話來，環繞著騰蛇的灼熱鬥氣瞬間平息了。

『停止了……』

玄武的結界產生冷卻作用，水蒸氣又恢復了水的原貌，海水吸取還在飄蕩的熱氣，水面上起了一陣又一陣的波濤。

火柱完全消失了，充滿結界內側的水吞噬了騰蛇。任務結束的結界，也像被吸入水中般消失不見了。

溫度不同的水互相混合，產生狂流，捲起了大波浪。

勾陣潛入相互擠壓的水中，找到隨波逐流的騰蛇。

身體被湧上來的水流纏住，很難向前游。

她使出通天力量，暫時抑制水流，水勢立刻平靜下來，但是維持不了多久。

『趁現在……』

她穿過靜止的水，伸長手抓住了騰蛇的手臂。

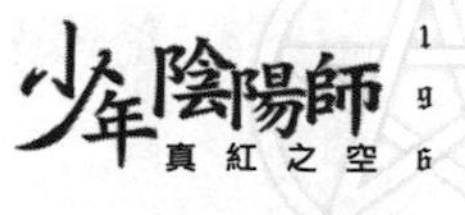

他喜歡看紅色的天空。

但是想不通為什麼會變成那樣，就請教什麼都知道的博學祖父。

『爺爺，天空為什麼會變得那麼紅呢？』

晴朗的白天，放眼望去都是透明的藍。

夜晚的天空，整片覆蓋著沉重的黯藍。

在透明的藍與黯藍之間，不應該是更寒冷的顏色嗎？

祖父聽到從幼小心靈得出來的結論，瞪大了眼睛，覺得很有趣地不斷點著頭。

『這樣啊、這樣啊……呵呵，原來如此，說得也是……』

祖父把嬌小的他抱到膝上，笑咪咪地思考著，不久後摸摸著他的頭說：

『那是因為……太陽非常非常溫柔，非常喜歡人……』

✦ ✦ ✦

茫然仰望的天空深紅一片。

全身被不可思議的感覺包圍，彷彿飄浮在半空中。

這一定是夢吧？看到的是小時候的記憶，所以是夢的延續。

紅色的天空。

昌浩認得跟這個顏色一樣的眼睛。

啊！是夕陽的顏色呢！他這麼想。

所以那顆心一定跟夕陽一樣溫柔。

白色物體閃過視野角落。

夕陽色的眼睛在迷濛的視野中，擔心地俯視著自己。

『喂、喂！你還好吧？』

昌浩瞇起眼睛，嗯一聲。

至今以來，他做過很多夢，小怪都不曾跟他說過話。

每次、每次都只用毫無感情的紅色眼睛看著他。

『小怪，你終於跟我說話了。』

『你在說什麼啊？我是你這個菜鳥的諮詢顧問，當然要跟你說話啦！』

小怪驕傲地挺起胸膛，笑得很燦爛。

『就算你不願意，我也會像囉唆的小姑，管你的閒事。』

夕陽般的眼睛開心地笑著。

看到那雙眼睛，昌浩高興得跟它鬥嘴說：

『啊！你真的很煩人呢！』

真希望這個夢可以一直、一直繼續下去——

躺在岸邊的昌浩，完全沒有清醒的跡象。

『怎麼辦，這附近有藥師嗎？』

太陰緊張得大叫，但是沒人知道有沒有藥師。

『昌浩、昌浩，你還好吧？你醒醒啊……』

不停叫喚弟弟名字的成親，也想到了最壞的狀況，臉色慘白。

『——火焰……？』

六合與玄武發現風突然轉向，回頭望向海灣。

燃燒得那麼熾烈的煉獄之火逐漸平息下來，與玄武的結界相抵消了。

火焰完全消失，玄武的結界完成任務後，被熊熊火焰燒得滾燙的海水冷卻下來，海面又恢復了原有的平靜。

玄武表情呆滯地看著水面。

『不知道騰蛇和勾陣怎麼樣了……』

姑且不論騰蛇，那樣的火焰——就算是勾陣也很難平安無事。

不會吧？

太陰和玄武臉色蒼白。緊盯著水面的六合，發現水不自然地搖晃著。

夕陽照耀下的黃金海面高高隆起，勾陣用肩膀撐著騰蛇出現了。

『唔……我還以為我這次死定了。』

六合向如此感嘆的勾陣伸出了手，先把騰蛇拉上來，再拉勾陣。

騰蛇看起來有些茫然，跪在地上，大口喘著氣。額頭上的銀箍不見了，金色眼眸四處游移，好像在尋找什麼。

他的視線落在一個點上。

他看到啞然無言的太陰和玄武、單腳跪著的成親和躺在他們面前的孩子。

對了，就是那孩子，那個不可以忘了他名字的孩子。

騰蛇拚命牽動緊繃而不聽使喚的嘴唇。

『昌……』

他搖搖晃晃地站起來，拖著蹣跚的腳步，走到那孩子身旁跪下來。

金色眼眸強烈搖曳著。

『……昌浩……！』

坐著的小怪突然抖了抖耳朵。

『喂！有人叫你。』

『咦？』

昌浩豎起了耳朵，但是什麼也沒聽見。

『叫我？誰啊？』

小怪微微一笑，瞇起一隻眼睛說：

『不知道，會是誰呢？……啊！叫得好急，你快去吧！』

『咦？可是這樣就再也見不到你了啊！』

小怪啪噠啪噠甩動尾巴。

『不會啦！沒那種事。不過，也許你說得沒錯……因為我叫不出你的名字。』

『什麼意思？』

『你說呢？』

小怪微微一笑，敏捷地站起來。

『你要往那裡去。你看，天空是紅的，不是嗎？去那裡，應該就可以見到我。』

小怪用前腳指著那裡，自己卻往反方向走。
不管昌浩怎麼叫，小怪都沒有停下來，頭也不回地走了。
『他說有人在叫我……』
到底是誰呢？

昌浩恍惚地張開眼睛。
深紅的天空無盡綿延。
還有一張精悍的臉，披著顏色比天空更濃的凌亂頭髮，正低頭看著自己。
啊！昌浩嘆了一口氣。
這是夢的延續。
形狀漂亮的嘴唇顫抖地說著話，說得非常清楚。
昌浩緩緩眨了眨眼睛。
不知道為什麼，眼角熱了起來，他想再看仔細一點，視野卻逐漸模糊。
這是夢。
因為那個聲音絕對不可能再呼喚自己的名字。
他用力舉起手臂往前伸，眼前那微微顫抖的手指前端有著尖銳的爪子，以前昌浩常想，那爪子會不會有那麼一天把自己撕裂？

他抓住那手指，感覺到手指的溫度，笑了起來。冰涼的東西從眼角滑落下來，他有種奇特的感覺。

好溫暖。

他瞇起眼睛。

啊！這是多麼……多麼幸福的夢啊——

抓著他手指的冰冷的手，無力地滑落下來。

『昌浩！』

不管騰蛇怎麼叫，昌浩都不再動了。

『不可能，昌浩，喂……！』

騰蛇幾乎陷入了瘋狂，勾陣狠狠甩了他一巴掌。

玄武和太陰看得臉色發白，猛向後退。

然而出乎他們意料，因為被打耳光的疼痛而清醒的騰蛇，只是茫然看著勾陣。額頭和臉頰都有裂傷的臉龐露出兇惡的表情。

接著，他的視線慢慢往下移，落在昏迷中的昌浩沉睡般的臉上。

殘留在那孩子臉上的淡淡笑容，深深刨挖著他的心。

『我……』

陷入縛魂術後的淒慘光景如跑馬燈般閃過腦海，騰蛇用手掩住了嘴巴。

『我……！』

他再也說不出話來，勾陣疾言厲色地對他說：

『你是個大笨蛋……不要讓我一次又一次對你重複說同樣的話。』

五十多年前她也說了同樣的話，然後拍拍眼睛低垂的騰蛇肩膀。不可思議的是，那高大壯碩的身軀，現在看起來竟是如此渺小。

『總之，要先把昌浩帶回去，讓他好好休息……』

六合把昌浩抱到成親背上，和太陰、玄武一起隱形，跟著成親離開了現場。

勾陣低頭看著騰蛇好一會，判斷自己最好不要待在這裡，便轉身離去。

『等你想通了就回來……要不然他醒來時沒看到你，會以為自己在做夢。』

騰蛇的肩膀抖動了一下，勾陣看到後迅速隱形了。

深紅的天空逐漸轉暗。

——我叫喚他的名字，他轉過頭來看著我。

那嬰兒抓住伸過來的手。

直直看著可怕的神將，笑得天真爛漫。

『唔……』

跟十三年前一模一樣。

那孩子抓住了伸過來的手指。

看著騰蛇，笑了起來。

我做過什麼事，那孩子通通都知道，而且親身經歷過。

然而，他卻還是……

是那孩子結束了騰蛇漫長而無盡的黑夜。

明知那是沾滿鮮血的手指，卻還是緊緊地抓住了。

『我……』

騰蛇雙手掩面，發出椎心泣血的哀號。

11

全身起火燃燒的傲狼，在火焰的掩護下死裡逃生。

游到海灣對岸後，它浮出水面鬆了口氣。被燒毀的身體只要好好補充糧食，經過一段時間就會重生。

『我必須暫時躲起來，休養生息……』

『不可能。』

傲狼彷彿被看不見的冰冷雙手捉住，全身僵硬。

它慢慢轉過頭。

那個人背著夕陽站在對岸岩石上，因為逆光的關係看不見臉，但是即使如此，傲狼也知道那是誰。

『你……你是晶霞！』

從前將傲狼封入小廟的仇敵正坐在岩石上，泰然自若地笑著。

『不管是誰解除了你的封印，只要你現在滾回西國，就可以保住性命。』

銀白色的頭髮被夕陽染成金黃色，隨風飄揚。

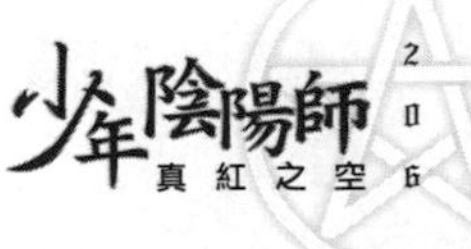

盯著妖怪的雙眸是如月光般的藍灰色。

晶霞慢慢站起來說：『傲狼，我現在很後悔，當初應該別怕麻煩，直接殺了你。』

『少說大話！憑你哪殺得了我傲狼……！』

『我向來避世隱居，卻為了你不得不出來，你罪孽深重。』

白色的手伸出來，手掌對準傲狼，輕輕使力。

光是這樣，強烈的靈氣就襲向了傲狼全身。

『什……麼……?!』

傲狼的巨大身軀嗞嗞作響，逐漸崩潰瓦解，肉一片片被切除、骨頭一塊塊被壓碎，而它的口中隨之發出了變調的慘叫聲。

在逐漸變得模糊的慘叫聲中，傲狼的身體已經被靈氣之矛擊碎，化為塵埃沒入了大海中。

右手輕輕一揮便降伏了傲狼的晶霞，遙望著對岸。

幾百年前，他搭建小廟，將那個妖怪封入了小廟裡。是對方先挑釁，他才出了手。要殺死那個妖怪有些費時，只要妖怪不來吵他就行了，所以他就暫時封了妖怪。早知道會有這麼一天，當初就該殺了妖怪斷絕後患。

心被傲狼破壞的人，再也無法復原了。

但是當時被稱為『神』的晶霞心想，人類做不到，神應該做得到。

其實，不管是誰放出了傲狼，晶霞都只想趕快離開這個地方。

『可是這樣未免太不負責任了。』

就這樣丟下不管，良心會不安，因為這是自己過去怕麻煩而引發的事端。

『不過……』

晶霞眺望著對岸，深深嘆了口氣說：『傷腦筋……可能會有點麻煩。』

成親回到野代宅邸，先向野代重賴報告了事情始末，再回到自己房間時，昌浩還是沒醒過來。

呼吸已經和緩多了，應該沒事了，體溫也逐漸恢復，就等他清醒了。

『應該不用擔心了。』

坐在昌浩身旁的成親鬆了口氣，突然察覺到背後的氣息，轉過頭去。

白色的怪物站在房門口，無精打采地垂著頭，彷彿就快消失不見了。

成親眨眨眼睛，露出難以形容的表情。他有很多話要說，但是又覺得說出來像是狠狠鞭打小怪，有點可憐。

所以，他說了其他的話：『不要站在那裡，再靠過來一點。』

小怪的背抖動一下，白色四肢緩緩移動，躲到成親背後。

成親想起昌浩常對著小怪這個模樣，半開玩笑地大叫『怪物小怪』。但是成親這麼叫，騰蛇不是不理他就是瞪他。

成親一直很怕騰蛇，現在也一樣。然而對於現在的騰蛇，他有種不同於恐懼的感受，這也是事實。

他們認識的騰蛇與昌浩所認識的騰蛇是同一個人，卻又不一樣。

昌浩的身體微微動了一下，成親慌忙觀察他的狀況，看到發白的眼皮顫抖著，慢慢睜開了。

望著茅草閣樓好一會後，昌浩眨眨眼睛移動視線，發現身旁的成親。

『啊……哥哥……』

『你覺得怎麼樣？』

昌浩微微一笑說：『很好啊……我跟你說，我做了個夢哦！』

他說話的語調就像個孩子，成親親切地點著頭說：『這樣啊……是個好夢嗎？』

成親這麼一問，弟弟昌浩笑得更燦爛了，顯得十分開心。

『是很幸福的夢……我一直很想見到他，所以是夢也沒關係。』

『那太好了。』

成親伸手輕撫昌浩的額頭，昌浩像覺得很癢似的瞇起了眼睛，點點頭。

多麼美好的夢啊！幸福得讓人想哭——這樣他就很滿足了。

『昌浩，哥哥要去村莊裡看看，你乖乖躺著。』

昌浩嗯一聲，點點頭，重重吐了口氣，覺得全身像鉛塊一樣沉重。

成親離開後，室內充滿了靜寂。

現在是什麼時刻？自己又昏迷了多久呢？

他想由房外那片天空來推測，於是用力轉動沉重的脖子，不由得屏住了呼吸。

小怪靜靜站在那兒，神情沮喪地垂著頭，一動也不動。

它在那裡站了多久呢？昌浩完全沒察覺到它的氣息。

『……呃……』

小怪好像要說什麼，昌浩慌忙嚥下要說的話。做好心理準備之後，才又開口輕輕呼喚：

『騰蛇……你怎麼了？』

小怪的身體抽動一下，頭朝下，發出凍結似的微弱聲音。

『……我……』

『咦？』

昌浩聽不清楚。

小怪又重複了一次，聲音比剛才有力一些。

『叫我紅蓮。』

昌浩的心臟怦怦猛跳起來。

『我說過，我賜給你叫我名字的權利……』

低著頭的小怪，用力擠出聲音對他說。

然後便沉默下來，微微顫抖著，等待昌浩的回應。

『……』

昌浩抬頭望著天花板。

——這是夢的延續。

這個夢實在太幸福、太幸福了，幸福得過了頭，他在心底祈禱著可以不要醒來。

無盡的靜寂重重壓在心頭，小怪無法忍受似的發出顫抖的聲音。

『我……』

但是，怎麼也說不出話來，儘管想說的話很多，想告訴他的事也很多。

因為自己曾發誓不再犯同樣的錯誤，卻還是親手傷害了他。

在夜晚結束、陽光來臨前的短暫時間稱為破曉時分。遇見昌浩之前，他的確待在黑暗中，是這孩子結束了漫長的黑夜。他一直認為不可能的破曉時分，就那樣降臨了。

這孩子出生後的十三年，用來填補那數不清的漫長黑夜都還綽綽有餘。

而他卻……

突然，平靜的聲音劃破了沉默。

『我……』

小怪緊張地屏息聆聽。不管昌浩要說什麼它都能了解，因為自己做了那樣的事。

『我看不見妖魔鬼怪之類的東西了……』

低著頭的小怪眼神僵滯了，反彈般抬起頭來，直直看著昌浩。

『看不見？』

昌浩對驚愕的小怪點點頭，平靜地接著說：

『六合、太陰他們都刻意加強神氣讓我看得見他們，可是看不見妖魔鬼怪還是很糟糕，因為我要當陰陽師。』

昌浩微微一笑說：『然而奇怪的是，我就只看得到小怪……向來都是這樣。』

昌浩的通靈能力，在十三歲的春天前都被祖父晴明封鎖了。

小怪從柏樹上掉下來時，以昌浩的眼睛，應該也看不見。

他卻看見了，那東西也滿臉不悅地回瞪著自己。

『小怪雖然不記得了，但還是保持那樣的外貌……所以，這些日子以來我還是只看

得見它。』

說著說著，聲音顫抖了起來。

小怪的眼睛、夕陽般的眼睛、溫柔的紅色眼睛——就像夕陽般溫柔。

他很想看清楚那雙眼睛，視線卻無可奈何地暈開來，變得模糊不清。

『我要成為陰陽師，雖然看不見會有點不方便，但是我一定會成為陰陽師……因為我答應過紅蓮，所以我會努力。』

昌浩瞇起眼睛，淚水從他眼角滑落。

『所以，小怪……你當我的眼睛嘛……』

『——』

小怪停止呼吸，耳裡響起懷念的聲音。

——你當我的眼睛吧？

一年前，春天快結束時，昌浩這麼說。

現在，春天就快結束了。

發生過很多事，經歷過種種情感。

有疼痛、有痛苦、有悲傷、有憤怒。

昌浩超越這一切情感，重複著同樣的話：『一起回去嘛，彰子在等我們呢！她一直問我小怪什麼時候回去……我不帶你回去，她會罵我的。』
小怪難過地閉起了眼睛，昌浩還是一再說著：『回去嘛！我不能沒有小怪……』

小怪的紅眼睛在黑暗中閃爍著。
累得沉沉入睡的昌浩，那張臉看起來就像小嬰兒。
小怪眨了眨眼睛。
——小怪，你為什麼要變成這種怪物的模樣？
很久以前昌浩這麼問過。
因為紅蓮是異形的模樣。
貓一般大小的身軀，全身覆蓋著白毛，四肢前端有五根爪子，脖子上圍繞著一圈勾玉般的紅色突起，長長的耳朵向後飄揚，額頭上有紅色圖騰。
還有，圓滾滾的紅色大眼睛——
不管發生什麼事，甚至迷失了自我，還是會以這樣的面貌出現在昌浩面前。
為什麼？
『因為你看不見，不就沒有意義了？』
那身白色是為了更貼近小孩子純潔無邪的心。

那嬌小的身軀是為了讓小孩子不會害怕。

那異形的姿態就像腳鐐，用來封住強烈、淒厲的天生神氣。

一切都是為了這個孩子。

但那雙紅色眼睛卻是騰蛇犯錯的顏色，也是鮮血染遍全身、絕不可能消失的罪證。

然而，這孩子卻說……

——小怪，你的眼睛是夕陽的顏色呢！

他笑著對訝異的小怪說。

——沒錯，就像把夕陽剪下來了。

他說夕陽會是紅色、黃昏時會染成一片深紅，是因為太陽非常溫柔。

為人們照耀大地一整天，終於可以沉落休息了，太陽這麼一想，就在最後的最後稍微鬆懈了。

所以夕陽是紅的，把天空染成一片深紅。

『……唔！』

這孩子說那是溫柔的顏色，是夕陽的顏色。

夕陽真的很溫柔，這雙眼睛也是，所以是溫柔的顏色。這孩子說著，天真爛漫地笑了起來。

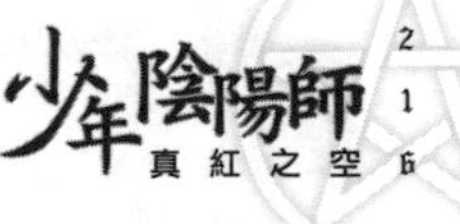

——當我的眼睛嘛……

這是個罪孽深重的身軀，背負的重擔時時刻刻壓在心上，不會癒合的傷口總是化膿流血疼痛不已。應該不被允許待在人類的身旁，是骯髒污穢的宿命。

但是，如果你希望，我會待在你的身旁。

但願多少可以彌補我的罪過。

即使再犯新的過錯，也會給這個心被黑暗籠罩的身軀——帶來光亮。

我如此相信，如此祈禱。

成親拿著火把走向村落。

那隻禍源妖怪已經被騰蛇消滅了，但是受害人未必可以恢復原狀，因為那隻妖怪是破壞人心，刨去了人們的記憶。

該怎麼對昭吉和彌助說呢？他可以想見，不管他怎麼說，那兩個孩子都會哭。

他恨自己的無力，不管怎麼修行，做不到的事還是太多。

『所以我才選擇了穩當的曆法之路……』

他嘆息地喃喃自語，走到昭吉他們的住處，沒想到昨天之前還毫無生氣的家，竟然

充滿著歡樂開朗的聲音。

成親驚訝得說不出話來。

『怎麼會這樣……？』

孩子們看到從外面照進來的火把亮光，走到門外，一看見成親，兩人的眼睛都亮了起來。

『啊！叔叔。』

『那個大哥哥還好嗎？』

成親有些不知所措，胡亂地點著頭。

一個女人出現在孩子們後面。

『怎麼了？』

『媽媽，他就是從京城來的偉人。』

『就是他跟大哥哥消滅了可惡的妖怪，媽媽才能恢復正常。』

孩子們欣喜若狂，圍繞在恢復原狀的母親身旁。

『哎呀！這樣啊……真是謝謝你。』

『哪、哪裡……』

面對完全出乎意料的場景，成親不知道該說什麼。

他們說沒什麼好招待的，但還是請他進去坐坐，他委婉拒絕了，繼續走訪地方上的其他受害人。

所有人都恢復了正常，彷彿什麼事也沒發生過。大家都知道成親是來自京城的陰陽師，所以一見到成親就深深鞠躬致謝，讓他渾身不自在。

最後拜訪的是解除小廟封印的罪魁禍首佳代。

佳代還躺在床上，但是已經會笑了，不再像個活生生的人偶，表情變化很多，非常可愛。

『偷偷告訴你，神來看過我哦！』

佳代在他耳邊說得很小聲，不讓她的父母聽見。

『神說不可以告訴任何人，不過，叔叔是來救佳代的人，所以如果叔叔來了，可以告訴叔叔。』

佳代說她醒來時，白色的神就站在她眼前，輕輕撫摸她的頭，微微笑著跟她說話。

——我做了對不起妳的事……

『神救了我，為什麼要道歉呢？』

少女這麼說，咯咯笑著。

離開村落走向野代宅邸的成親，思緒一片混亂。

『到底是怎麼回事……？』

神將們在主屋的屋頂上消磨時間。

他們都不想去招惹現在的昌浩和騰蛇，搞不好會被騰蛇燒傷。

『還是現在的騰蛇比較不可怕。』

太陰有感而發，玄武一本正經地點頭表示同意。

『嗯，我也這麼覺得。』

『就是啊！到底哪裡不一樣呢？』太陰說。

勾陣盤腿而坐，對百思不解的太陰微微一笑。她的臉上和身上都還有傷痕，恐怕要很長一段時間才能完全復元。不過，該慶幸被騰蛇的火焰燒到只傷成這樣，嚴重的話不是全身重度燒傷，就是被捲入火焰裡喪命。

六合像平常一樣沉默，紅色勾玉在胸前搖晃著。勾陣看到那東西，眼睛閃爍著深感興趣的光芒。

她記得在跟妖怪對峙時，六合胸前什麼也沒有。

『原來是收進了懷裡啊！』

她自言自語，一副恍然大悟的樣子。六合察覺她的視線，看了她一眼，還是沒說什麼。

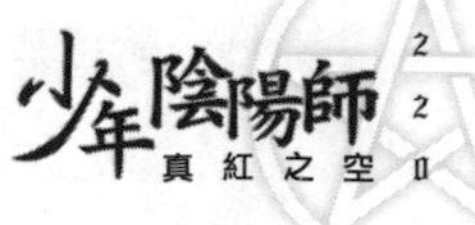

跟玄武不時交換意見的太陰，突然沉默下來。

『太陰？』

太陰把手指按在嘴唇上，向詫異的玄武示意，豎起耳朵傾聽。

過了一會，她點點頭面向六合。

『六合，晴明傳話來了。』

黃褐色的眼睛微微閃動。

『他要你去道反的聖域傳話，詳細內容會在玄武的水鏡中說明。』

六合與被指名的玄武站起來，換地方聽晴明說話。

屋頂上只剩下兩個人，太陰在勾陣旁邊坐下來。

來出雲後，好像是第一次看到星星。

勾陣平靜地對仰望星星的太陰說：『妳想知道現在的騰蛇比較不可怕的原因嗎？』

太陰張大了眼睛，猛然轉向勾陣。

『妳知道原因？』

『在猜測範圍內。』

『那也行！』

勾陣點點頭說這樣啊，瞇起了眼睛在記憶中搜尋。

『當然，未必是我想的那樣……』

✖　✖　✖

剛學會走路搖搖晃晃的昌浩，抓著晴明的手臂，咯咯笑出聲來。

晴明慈祥地撫摸著小孩的頭，一本正經地對他說：

『昌浩，聽著，我是爺爺，來，叫爺爺。』

『還不會叫吧……』

許久不曾在晴明身旁現身的騰蛇露出難以置信的表情。其實勾陣也在場，只是沒什麼事就隱形了。

兇將的神氣不管怎麼壓抑，只要現身就會外散。因為現場有那麼小的孩子在，她就有所顧忌地隱形了。

對於騰蛇那麼肆無忌憚地現身，勾陣沒有表示意見。因為晴明什麼都沒說，應該是沒有關係。

大概是想法不同吧！

晴明轉頭對騰蛇說：『紅蓮，教育是愈早開始愈好，而且他自己也很想試試看。』

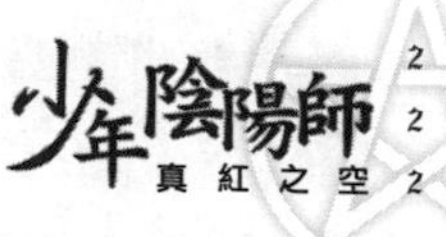

才剛學會站著走路的昌浩，很努力地發出咿咿呀呀的聲音。

『對、對，爺爺。』

『咿啊。』

『是爺爺、爺爺。』

『耶？』

晴明眉開眼笑，對著滿臉疑惑的昌浩不斷點頭。

『哦！昌浩好聰明、好厲害，說話比成親和昌親都快，以後會很聰明。』

騰蛇看他笑得眼角滿是皺紋，說個沒完沒了，在他背後低聲說：

『蠢爺爺……』

『你說什麼？』

『沒、沒什麼。』

晴明瞪著若無其事的騰蛇，在昌浩耳邊低聲說：

『昌浩，那是紅蓮、紅蓮。』

『喂！我就跟你說嘛，還太早啦！』

『沒你的事，你不要說話。他是紅蓮、紅蓮、紅蓮哦！昌浩。』

昌浩看看祖父，再看看騰蛇，搖搖晃晃地邁開步伐，走向騰蛇。

啊！走得好危險。勾陣靠著柱子，暗中守護著昌浩。昌浩一步步向前走，把手伸向了騰蛇。

『咿……啊。』

『嗯，是、是。』

騰蛇苦笑著伸出手來，昌浩直直看著他的眼睛笑著說：

『蓮……』

晴明瞪大了眼睛。

『呵呵……蓮，你看吧！他真聰明。』

心滿意足的晴明彷彿說的是自己般，驕傲地挺起了胸膛。

騰蛇滿臉驚訝，說不出話來。

真難得，原來騰蛇也有這麼癡呆的表情，第一次看到呢——正當勾陣這麼感嘆時，騰蛇又露出複雜的表情，瞇起了眼睛。

『什麼事？昌浩。』

小孩總算走到了，興奮不已。騰蛇抱起他，笑了起來。

勾陣驚訝得幾乎忘了呼吸。

不同於與敵人對峙時冷酷無情的笑，整張臉是溫柔地笑了開來。

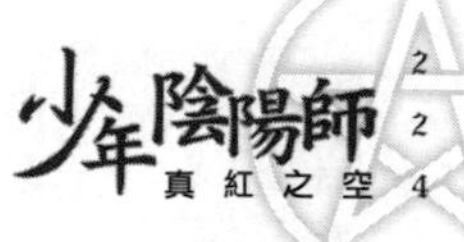

昌浩開心地玩起他額頭上的金箍，騰蛇慌忙想拉開他。但是，小孩緊緊抓住金箍的手，力量強大得驚人。

儘管如此，騰蛇還是笑著——

✖ ✖ ✖

太陰張口結舌，說不出話來。

這樣的反應早在勾陣意料之中，她偏著頭說：

『說不定更早前就這樣了，不過，那是我第一次看到他笑得那麼滿足。』

才剛牙牙學語的小孩，第一次叫了他的名字。

而且不是他原來的名字『騰蛇』，而是晴明給他的第二個名字『紅蓮』。

從一開始，昌浩就是叫他『紅蓮』。

『晴明常說名字是最短的咒語，我覺得那個名字是晴明的心願，而昌浩讓心願成真了。』

所以騰蛇變了，變得教人驚訝。

太陰的嘴抿成一條線，悄悄垂下頭來，雙手環抱膝蓋，把頭埋入兩膝之間，像在沉

思的樣子。『我很怕騰蛇……自從道反那件事後，我就很怕他。』

太陰抬頭看著勾陣，露出悲傷、想哭的表情。

『晴明沒有給我們那樣的名字，我也知道最好是不要有……不過，勾陣，晴明給的名字是什麼感覺呢？』

被這麼一問，勾陣的眼眸輕輕搖曳。黑曜石般的眼睛掀起感情的波濤，又瞬間消失了。

『這個嘛……舉例來說，就像絲棉的咒縛……』

無聲無息，也不覺得痛；柔柔地束縛住，就像無形的腳鐐。

但是感覺很舒服，令人如癡如醉。

這樣的形容很抽象，但是太陰似乎感受到了其中的意思。她理解地點點頭，又抱緊了膝蓋。

『我很怕、很怕騰蛇，但是……』

每當晴明或昌浩呼喚『紅蓮』這個名字時——

『我就覺得恐懼感一點一點地，真的是一點一點地淡薄了。』

低語聲隨風而逝。

勾陣默默閉上眼睛，抓抓太陰低垂的頭。

在很久以前，一個名字給了一顆凍結的心。
那是帶著殷切期盼的祈禱。
呼喚那個名字的聲音，就像照耀極地的溫暖陽光。

後記

很久沒有得到這麼多後記的篇幅了，所以我興致勃勃地想，不如來寫篇現代對等版的少年陰陽師。結果，這次要寫的東西太多，根本寫不下去。嗯～有許多題材可以寫呢！

好久不見了，各位近來可好？我是結城光流。

這是進入新篇的《少年陰陽師》第九集。

第七集到第八集之間的出版時間很短，所以，我把第七集出版後到第九集出版前收到的信件合起來計算人氣得票數，結果大翻盤。

第一名是活靈活現的主角安倍昌浩，虛歲十四，他的粉絲們終於在第九集爭取到悲壯的第一名。

第二名是在第七集展現另外一面的神將六合，計算中，曾一度飆到第一名，後來輸給從第八集開始大反攻的昌浩，退居第二。

第三名是從不動如山的第一名摔下來的小怪（包括紅蓮），大概是因為第七集最後的衝擊太強烈了吧？這一集說不定會更下降。

接下來依序是勾陣、晴明、玄武、風音、彰子、太陰，喜歡成親的人也不少。今後，昌浩的哥哥們也會三不五時地出來露個面。

要寫這一集時，我去了島根縣蒐集資料。

主要是去看伊賦夜坂和千引磐石，現場到處都是靈感，我必須去撿拾。

離伊賦夜坂最近的ＪＲ揖屋站，設有『城鎮之站』⑥。我沒什麼方向感，所以請教在那裡服務的先生要怎麼去揖屋神社和伊賦夜坂，他很仔細地告訴了我。根據旅遊指南，徒步五分鐘就可以到揖屋神社；從揖屋神社到伊賦夜坂，徒步約三十分鐘。我向來不怕走路，時間又充足，所以打算走路去。但是那位先生對我說：

『我幫妳租腳踏車，妳騎去吧！』

天氣不錯，風又涼爽，我想騎踏車應該比走路舒爽，便欣然接受了他的好意，依照他畫的地圖，出發前往揖屋神社及伊賦夜坂。

騎了快五分鐘才到揖屋神社……原來不是徒步五分鐘？喂，我騎得很快呢！帶著不祥的預感，我繼續騎向伊賦夜坂。騎著騎著，大約二十分鐘才來到平交道這個標記處，從那裡開始往上爬坡。這時候稍微證實了一件事，那就是從揖屋神社徒步到伊賦夜坂，

三十分鐘是錯誤的資訊。我邊在心中不斷感謝那位先生，邊停下腳踏車爬上坡道。途中遇到了喪禮，真是太巧啦（泣）！再往上走，終於到了黃泉入口處。沒有任何人的山中一片寂靜，還有沼澤，效果滿分。沒想到我會如此後悔一個人來，莫名地覺得害怕，總覺得好像有什麼東西從沼澤爬了上來，所有水草都被拖出了沼澤外，怎麼會這樣呢（淚）？我充分體驗過那樣的氣氛後，儘可能快步走回停車處，全力踩著腳踏車滑下坡，真的是全力——嗯，全力。回到『城鎮之站』後，聚集在那裡的當地居民請我喝茶吃點心，問我從事哪一行。我說：『我是作家，來這裡蒐集這次寫作的資料。』大家就很親切地告訴我說：『那麼妳去城鎮的區公所，說不定可以找到資料。』於是在大家的目送下，我去了城鎮的區公所。我拜託區公所的人說：『請告訴我棲息在這附近的動物，還有這裡的植物分佈、降水量、年間平均氣溫。』面對我這個突然來訪還自稱是作家的可疑人物，社區營造課的人拿出『東出雲町史』，幫我影印了可能派得上用場的地方，頁數還真不少……

此次執筆之際，那些影印資料幫了我不少忙。我搭上電車後，那位『城鎮之站』的先生還在月台上拚命對我揮手，直到看不見我為止。嗚，東出雲町真是個美好的城鎮……（感動落淚）。

真的很感謝當時遇到的所有人，宍道湖的夕陽也很美。我想我還會再去島根，不過，下次希望有人陪我去（笑）。

這次有很多事要寫。

第八集出版後，我舉辦了簽名會。

第一次聽說要辦簽名會時，我的第一句話是：『誰要辦？』N崎冷靜地說：『結城和ASAGI。』結城不解地問：『……ASAGI？』N崎說：『還有結城。』這下我可慌了。我在這世上最不擅長的前五件事之一，就是簽名。而且，我是個非常膽小的人，要我暴露在讀者面前簽名這種事，實在太可怕了！

但是，時間無情流逝，計畫周密進行，決定連續兩天在京都和東京舉辦。

當天，進入京都會場——Animate京都店，隨著開始時間一分一秒逼近，我緊張得全身發抖，不管ASAGI和N崎怎麼鼓勵都沒有用。京都店的工作人員也為了鼓勵我，告訴我有很多人在排隊了，還讓我從後台偷看。

『好、好多人……』

沒想到一刀斃命！

我緊張到最高點，連聲音都發不出來，想從逃生口逃出去，但是被攔住了。神、神啊，救救我！我甚至落魄到開始求神了。現在想起來就覺得好笑，結城，妳真的很狼狽

呢（淚中帶笑）！

所以，當初排在京都店最前面的各位，真的很對不起，那時候我緊張得連頭都抬不起來，你們特地來捧場，我的態度卻那麼冷漠，對不起～（哀嚎）還老是急得寫錯字，失敗連連。好沒面子，真的很沒面子！

但是，人都有所謂『適應性』，所以經過一段時間後，我就漸漸習慣了，休息時間也可以不回休息室，坐在桌前跟ASAGI、N崎、工作人員談笑風生了。結果這麼一鬆懈，又犯了不少錯誤，啊啊啊啊（泣）。

隔天在東京的Animate池袋店舉辦，因為是第二天，從容多了，再加上我所尊敬的大哥（暫稱）和Y先生特地來捧場，幾乎沒有前一天那麼緊張，簽名會在輕鬆中開始。還是會寫錯字或犯錯，但是不用說，當然順利結束了……（淚中帶笑）。

我收到很多讀者的信和禮物，包括花束、『紙之篁』（跟『篁』有關係呢！⑦）的手巾、香包，非賣品的織田裕二QUO卡⑧、手工做的小怪等等，寫也寫不完。真的很感謝所有來參加的人和相關工作人員。我個人不但趁亂向ASAGI要了簽名，還要求跟他合照。哇～福利不錯～

那兩天我都戴了在島根買的紅色勾玉項鍊，但是因為一直低著頭，所以大家都沒看到，很遺憾。枉費我再三斟酌，才選擇了最接近那個勾玉的東西（笑）。

要寫的東西太多，最後就以一條大新聞作為結尾。

《少年陰陽師》要出劇情ＣＤ了，昌浩、小怪、紅蓮和爺爺都要開口說話啦！咦？我是不是在做夢？是的，我剛開始也是這麼想，但是事實比小說更詭異。當Ｎ崎女士為了給我一個驚喜，沒有任何通知，請黑貓宅配把企劃書送來時，我成了『茫然若失』這個四字成語的最佳寫照，簡直就像命名為『一片空白』的雕像。

全部三集，將『窮奇篇』從《異邦的妖影》到《鏡子的牢籠》全部製作成ＣＤ，劇本由在動畫界相當活躍的劇作家吉村清子撰寫。至於配音演員，呵呵呵，卡司很浩大哦！昌浩是甲斐田雪、小怪是大谷育江、紅蓮是小西克幸、爺爺是麥人、年輕的晴明是石田彰。實在太棒了，大牌到讓我不禁想翩翩起舞！其他像彰子、六合、青龍的角色，也都是由大牌配音演員擔任。Frontier works株式會社預計在二〇〇四年四月二十三日發行第一集，六月二十五日發行第二集，八月二十五日發行第三集。封面當然是ASAGI的插畫，說不定還會有只有在ＣＤ裡才聽得到的，結城最新創作的《少年陰陽師》番外篇小說哦！說不定啦……

說到Frontier works，大家可能會一時迷惑，不知道是什麼，就是替我舉辦簽名會的Animate啦！想知道更詳細內容的人，請到Animate店裡或Frontier works詢問。架有官方

網站，所以也可以透過電腦或手機搜尋，ＵＲＬ是http://www.animate.tv/。手機網站的資訊也相當豐富，可惜那邊的網址不明，所以請各位檢索看看。有興趣的人，請馬上查閱。

當然，最高興的莫過於結城本人了，呀呼～

感謝經常寫信給我的讀者。要參加人氣投票的人，請在信上註明『我要投這個人物一票』，這樣我會比較方便計算，拜託你們了（笑）。回覆的刊物從第七集開始就不再寄了，所以附回郵信封也不會收到回函，對不起。雖然不能回信，但是我會更努力以作品回饋大家。

經常有人問我故事裡角色的生日和血型，但是平安時代沒有這兩樣東西，所以並沒有設定。更何況，十二神將原本就沒有生日和血型。

在新的敵人現身之際，即將邁入第十集。

期待跟各位在下一本書中再會。

結城光流

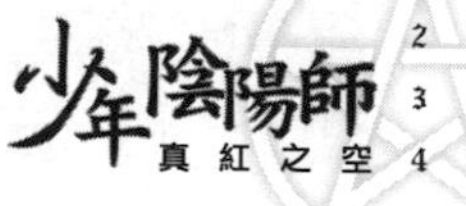

小怪的陰陽講座

⑥『城鎮之站』就是讓當地民眾或訪客可以自由使用的休息場所，這裡不但有提供當地的相關資訊，還是個有助於促進區域交流、區域合作的公共空間哦！

⑦『紙之篁』是位於池袋的紙類專門店，而店名中的『篁』這個字，又跟作者的另一部作品《篁破幻草子》有關。

⑧『QUO卡』是日本QUOCARD公司所發行的一種通用預付卡，有從五百日圓到一萬日圓等好幾種不同的儲值面額，可以使用於一些特定的便利商店、連鎖餐廳、加油站、藥粧店及唱片行等。卡上的圖像除了結城老師的偶像織田裕二之外，還有漫畫名家的畫作哦！

降妖伏魔【窮奇篇】

壹 異邦的妖影

繼《陰陽師》後最熱門的奇幻冒險故事！
已改編成漫畫、動畫、有聲書和廣播劇！

大陰陽師安倍晴明的十三歲小孫子昌浩天生擁有可與祖父匹敵的強大靈力，個性不服輸的他，立志要成為超越晴明的偉大陰陽師！在小的守護下，昌浩努力地修行著。一天，後宮突然沒來由地發生了一場大火，而昌浩與小怪竟察覺到一股極不尋常的妖氣……

貳 黑暗的呪縛

日本亞馬遜網路書店五顆星最高評價！

為了尋找擁有純潔靈力的左大臣之女彰子，噬食她的血肉以治癒身上的傷口，異邦大妖怪窮奇率群妖悄悄潛入平安京，而只有昌浩識破了它們的形跡！經過了一番生死激鬥，妖怪們元氣大傷，被昌浩逼回了暗處。然而，此時卻出現兩隻怪鳥妖，向窮奇獻上了奸計……

叁 鏡子的牢籠

安倍昌浩VS.大妖魔窮奇的最終決戰！

經過一場天崩地裂的激烈大戰後，昌浩終於救出了彰子，然而窮奇卻率領著手下神秘消失了。就從這時候開始，京城發生了許多人無緣無故失蹤的『神隱』事件，昌浩懷疑他們是被異邦的妖怪抓走的！為了查出真相，他夜夜和小怪一起尋找窮奇的蹤影。此時，卻傳來了彰子即將入宮的消息……

驚濤駭浪【風音篇】

肆 災禍之鎖

全系列熱賣衝破300萬冊！

在與異邦大妖魔窮奇的決戰之後，昌浩重回當個菜鳥陰陽師的日子。可是他卻被同僚排擠，吃足了苦頭。就在這個時候，藤原行成大人突然被怨靈糾纏，命在旦夕，而晴明的占卜中更出現了詭譎的黑影——原來，怨靈的背後有一個靈力強大的神秘術士在操弄這一切……

伍 雪花之夢

十年前企圖殺害昌浩的神秘主謀再度現身！

自從異邦的妖影被消滅之後便未再現身的高龗神，某日卻無預警地再次附身在昌浩身上，離去前還留下了一句話：『最近恐怕又會有事發生……』被高龗神附身的事，昌浩毫不知情，他更煩惱的是自己消滅了怨靈後，開始每晚做惡夢，夢中有個陰森的東西纏住了他！……

陸 黃泉之風

風音的身世之謎終於揭曉！

被六合救回一命的風音，完全不知道自己差點被宗主害死。為了幫助他開啟『黃泉之門』，風音在京城各處打通了許多連接黃泉的瘴穴。混濁的瘴氣不但讓妖怪變成了噬人怪物，從中吹出的黃泉之風更遮蔽了代表帝王的北極星，凡是與皇室有關的人都被下了死亡的詛咒……

柒 火焰之刃

該殺了紅蓮，解放他的靈魂？還是什麼也不做，眼睜睜看著他被瘴氣所吞噬?!昌浩做出了第三種選擇……

在宗主的指使之下，風音用縛魂術控制了紅蓮的心神，使他完全陷入瘋狂，甚至想要殺了昌浩！原來，宗主的真正目的是要得到紅蓮，利用他的血破除神明封印，然後率領黃泉大軍一舉入侵人間！為了再一次阻止宗主，高龗神賜給了昌浩『弒神的力量』……

第一本番外短篇集

捌 夢的鎮魂歌

《少年陰陽師》系列靈感的原點！

吹散記憶迷霧～小怪初登場，竟然從大樹上摔下來?!看不見妖怪的昌浩，如何完成降妖除魔的『第一次』？『晴明的孫子』安倍昌浩和拍檔小怪的友誼前傳！

追逐妖車軌跡～速度奇快的不明妖車在京城裡到處作怪！為了追捕它，昌浩和小怪乘著忠心耿耿的老實妖車『車之輔』四處奔波……

夢的鎮魂歌～為了躲避過年期間來訪的人潮，彰子暫時搬離安倍家，住進了一間荒廢已久的空屋，卻在暗夜裡聽見了哀怨的琴音……

玉帚掃千愁～晴明三更半夜偷偷溜出家門，原來是去找難搞出了名的貴船祭神——高龗神一起喝酒?!

四個高潮迭起的短篇故事，充分展現了不同於正傳的極致魅力，每一個故事都出人意料地精采，不容錯過！

高潮迭起【天狐篇】

拾 光之導引

光の導を指し示せ

昌浩和小怪終於一起回到了平安京，然而在京裡等待他們的卻是前所未見的衝擊，彰子的同父異母姊妹中宮章子疑似被妖怪附身，晴明則是臥病在床！襲擊晴明的謎樣妖怪與以章子為目標的怪僧聯手，成為有史以來最強大的敵人，使得晴明和昌浩面臨了空前的生命危險……

拾壹 冥夜之帳

冥夜の帳を切り開け

大陰陽師安倍晴明的生命將被逼到盡頭?!晴明和孫子昌浩身上都流著天狐的血，正在吞噬他們的生命力。為了挽救爺爺的性命，昌浩拚了命尋找各種方法，卻因為天狐的事而與彰子起了爭執。此時，在暗地裡盯著中宮章子的怪僧更發動了攻擊……

國家圖書館出版品預行編目資料

少年陰陽師.玖.真紅之空 / 結城光流著；涂愫芸譯.
-- 初版. -- 臺北市：皇冠, 2008[民97].09
面;公分. --(皇冠叢書；第3770種　少年陰陽師；09)
譯自：少年陰陽師　真紅の空を翔けあがれ
ISBN 978-957-33-2452-2(平裝)

861.57　　　　97013875

皇冠叢書第3770種
少年陰陽師 09

少年陰陽師——
真紅之空

少年陰陽師9
真紅の空を翔けあがれ

作　　者—結城光流
譯　　者—涂愫芸
發 行 人—平雲
出版發行—皇冠文化出版有限公司
台北市敦化北路120巷50號
電話◎02-27168888
郵撥帳號◎15261516號
皇冠出版社(香港)有限公司
香港上環文咸東街50號寶恒商業中心
23樓2301-3室
電話◎2529-1778　傳真◎2527-0904
責任主編—盧春旭
責任編輯—丁慧瑋
著作完成日期—2004年
初版一刷日期—2008年9月
初版七刷日期—2013年4月

法律顧問—王惠光律師

讀者服務傳真專線◎02-27150507
電腦編號◎501009
ISBN◎978-957-33-2452-2
Printed in Taiwan
本書特價◎新台幣199元/港幣67元